一泊なのに
この荷物！

# まえがき

へんてこなタイトルの本を手にとっていただきありがとうございます。「一泊なのにこの荷物！」は、出かける支度をするたびに車のトランクやリュックの中身がぎゅうぎゅう詰めになってしまうというわが家のあり方を象徴する言葉です。颯爽《さっそう》としたスマートな旅からはほど遠い、もっさり感。

いいえ、旅に限らず、しゅっとした人物にとか、しゅっとしたライフスタイルに！　と願っているにもかかわらず、どの時点で方向を見誤るのか「こんなはずでは…」と首をかしげる事態になることがしばしば。なぜだろう。何が原因というよりも私と夫の相乗効果か。本文を読んでいただければ一目瞭然、私たちにしゅっとした要素はありません。そもそも願ったり憧れたりしている時点で、目標からはだいぶ離れているってことに早めに気がつくべきでしたね。

ミシマ社さんから、夫婦共著で京都暮らしのエッセイをとお声掛けをいただいたとき、これまで互いの領域には進出せず、めいめいがのんきに勝手に仕事をしていたため、驚いたというのが正直なところでした。

二十年ほどにもなる結婚生活、〝書く人〟という共通点を持ちながらも私は俳優、夫は編集者、職業も違えば、性格も趣味もまるで違う夫婦がどんな暮らしをしているのかって、そんなことに興味を持ってくれる人がいるとは。

打ち合わせの席では、「何か勘違いされているかもしれませんが、想像してくださっているより地味な日常ですよ」「なんか落ち着かずばたばたしてるだけで」「子どもらがいてわやくちゃですし」「謙遜とかじゃなく実際もっさりしてますし」と私と夫、長年一緒にやっている私のマネジャーN氏（彼こそ誰よりも私たちの本質を知っている人）の三人で説得を試みたものの、「いや普通のがいいんです」「なんかこう、ああどこのお家も一緒なんだなって思える、そういうのが」と代表の三島さん、編集の野崎さんが真顔で応えた。

想定外だったのはコロナ禍です。緊急事態宣言が出た二〇二〇年春、連載開始と自粛生活がぴたり重なりました。

日常は一変。窓の外にはいつもと変わらぬうららかな春の日ざしがあったはずなのに、必死だったせいかいまはあの頃の記憶は霞《かすみ》がかかったようにおぼろげです。

平日にいないはずの小中学生が毎日家にいるのはとても奇妙な感じでした。今回連載を一冊にまとめるにあたって改稿しつつ読みかえすと、子どもふたりの話がとても多い。それはもちろん私たちが日夜子育てに追われているせいでもあるけれど、それ以上に外出自粛によって、家族四人がずっとくっついていた＝超接近していたから、ということに尽きるでしょう。

そして同時に心に強く残ったのは、親戚やご近所さん、仕事仲間や友人たちとのつながりでした。連絡を取りあい励ましあって過ごした一日一日。工夫する、協力する、新しい試みにチャレンジする。パソコンの向こうの遠い仲間にたくさん勇気をもらいました。

本書は同じテーマで「私→夫」の順で綴《つづ》っていった雑文集です。連載中は、私のほうの締め切り間際に「何を書こう？」と、ふたりでテーマを決めましたが、夫は「なんでも来い」とプロっぽいそぶりを見せるのが、少し憎らしかった。

食べたもので身体は作られるといっても、同じものを食べていても同じ人間にはならないってことを再確認しました。こんなに違っていても、上手いこと暮らせるものなのね。へっぽこでありつつも案外いいチームだという、大事なことにも気づけた二年半でした。

ステイホームから始まる、京都の街での小さな暮らしの記録です。どうぞ気楽にお読みください。

本上まなみ

# 一泊なのにこの荷物！　目次

III



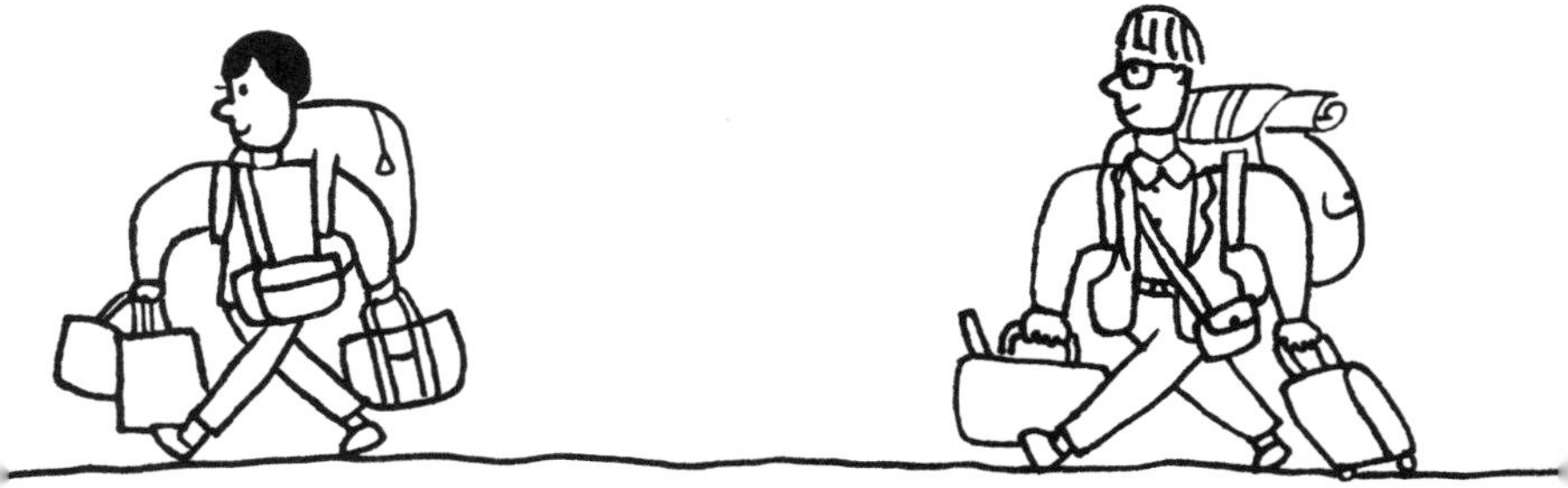

# I

## 2020年

## モーニング行こな

むくり。

隣の布団が大きく動く。と同時に「おなかすいた」。息子は目覚めが非常に良いのです。ぐーっと短い両腕を上げ、伸びをしたあと、ぴょんと起き出し障子を開け、三〇メートルほど先の隣家の出窓を確認する。

「あ！ かーさんかーさん、今日はいるよ」。ひそひそ声で報告しにきます。「いるよ」の正体は、かわいらしい白黒ネコ。冬場の朝はそこに陽が当たるので箱座りしていることが多い。息子は毎朝その子が出窓にいるかどうかを確認するのです。いたらラッキー、いないとさみしい、朝の小さな運試しだ。「今日はこっち見てくれたよ」。目やにつけたまま満面のニヤケ顔です。

一方、中学二年生の娘は筋金入りのロングスリープです。昼間からようやくエンジンが掛かりはじめ、夕食時は活性最大化。育ち盛りだからかな。それにしても…。通常の人の三分の二ほどの活動をして終わる感じなんですよね。そのくせ「あたしには自由時間が少ない。寝るのは時間の無駄だし、もっとテレビ見て、本も読んだりしたいのに！」なんて文句を言うのです。「弟はテレビいっぱい見てて、ずるい」とか。おいおい君、時間の無駄なんてよく言うね。毎朝起こすほうの身にもなってくれよ。無理矢理布団を引っぱがし、「おーい朝だよ！」と声を掛け、先に台所へ向かいます。

あさごはん。みなさんは何を食べるのが好きですか？　うちはだいたい決まっていて、まずやかんにたっぷりお湯を沸かし、白湯を飲みつつコーヒーをドリップ、フライパンでパンを温め、中華せいろで温野菜を作るのが定番です。春は野菜が豊富で嬉しいなあ。キャベツ、ブロッコリー、ニンジン、カブやダイコン、レンコンやサツマイモ、あっ昨日お隣からいただいた、ピカピカのスナップエンドウもあるな…ごそごそごそ、野菜を見つくろうところから始まります。

そんなことを言いつつも、実は朝食、子どもの頃は得意ではありませんでした。血圧低め、かつ睡眠時間もたっぷり必要だった私は、毎朝泥沼から這《は》い上がるように起きていました。起きなきゃ、と必死で布団の上に正座したものの、その形のまま前に突っ伏して二度寝してしまうため、再びいざ起きようとするとき両足がしびれきって悶絶。とても歩ける状況でなく半べそかきつつ匍匐前進《ほふくぜんしん》でトイレに向かっていたもの。特に小学生の頃は起きられない度合いがひどく、朝食は半分寝ながら取っていました（そう、娘は私に似たのだ）。母は毎朝コイン大のちびおにぎりを大量にお皿に載せ、味噌汁と共に前に置き、「遅刻しても、これは食べないとだめ」と厳しく言っていた記憶があります。一口サイズのため、確かに寝ぼけていても、気力が湧かなくても食べやすかった。まあそのおかげでこんなに大きくなれたんだなと思います。

一方うちの母の実家、つまり私の祖父母の家ですが、山形・庄内《しょうない》のこちらは大家族ということもあったのか、朝食がそれはそれは品数豊富で大量でした。朝から焼き魚と煮物、味噌汁、山盛りの納豆、漬物、玉子焼きにウインナー、いろんなものが所狭しとちゃぶ台に載っていたのです。煮物も晩の残り物じゃなくて、朝から厚揚げとジャガイモと鶏肉、みたいなのを大鍋で炊いて、あつあつゆげゆげが大鉢にどーんと盛ってありました。毎朝、どこかの朝市食堂にでも来た感じで、平皿一枚ずつ持って、セルフサービスでどんどん取って食べる。朝は苦手なんてここへ来たら言ってられない。子どもだけでも総勢一四人いるのですから。玉子焼きとウインナーを奪われないよう寝ぼけまなこで必死に参戦していましたっけ。

曾祖父には、自分だけのメニューもありました。それは、あつあつに煮立てた牛乳に卵を落とした特製ホットミルク。マグカップではなく味噌汁椀になみなみと！　鮮烈な印象です。牛乳自体も他の面々が飲む一リットルパックのではなく、近所の店から配達される瓶のもので、私やイトコたちにはそれがとてもスペシャルなものに見えていました。甘い湯気が本当に美味しそうで魅力的で、あれはどんな味なんだろうか、一口でいいから欲しいなあと、ずっと思っていました。曾祖父が亡くなったあとは、今度は祖父が朝の習慣として飲みはじめました。元々は飲んでいなかったのに、曾祖父亡きあとから飲み出すところとか、じいさんたちの間には何かのルールがあるんだなと、子どもながらに想像していたものです。

もうひとつの実家、関西にある父方の祖父母の家は、なんとも都会的な朝食でした。泊まりにいった朝には「紅茶でええか？」。素敵なティーカップでミルクティーが出てくるのです。あとクッキーやカステラも。お菓子があさごはん!?　私と妹は毎回毎回、判で押したように衝撃を受けていました。

紅茶タイムが終わると「モーニング行こな」と、喫茶店に車で出かけました。見たことないような厚さのきつね色のトースト。四角くカットされたバター、千切りキャベツのサラダ、ゆで玉子……。祖父母はコーヒーを飲んでゆったり新聞を読みつつ、それらを口に運びました。私はココアに生クリームがもりもり載っているのをここぞとばかりに楽しみ、優雅な非日常を満喫したのであります。

書いていても、このふたつの朝食違いすぎないかい？　とびっくりするのですが、いずれも私にとっては特別な、幸福な思い出で、このふたつがいまの私にどちらもあるのだと考えます。

わが家の朝食に話を戻しましょう。良い塩梅で蒸し上がった野菜は、しっとりつやつや、これほどキレイで美しいものはないねと思います。

ドレッシングは主に夫の係です。酢と油をたらたらり。塩こしょうを。酢は京都北部、宮津にある〈飯尾醸造〉さんのお酢がお気に入り。米酢だけではなくフルーツから造られているもの、黒酢や紅芋酢などいろんな種類があり、どれもが本当に美味しい。油はオリーブオイルか、〈山田製油〉さんの金ごま油もよく使います。コーヒー豆は〈サーカスコーヒー〉(こちらも京都のお店)。京都はパン屋さんが充実しているのも嬉しい。いまは外出を極力控えているので毎日は行けないけれど、どこもたいてい朝から店を開けてくれている。朝食に焼きたてパンが食べられるって、ほんとに幸せなことだ。寝ぼけまなこの娘がぼーっとしながらも卵四つ分の大きなチーズオムレツを焼いて、出来上がり。さあみんなでいただきます！

二月末から始まった子どもたちの長い休校の間に、息子はフレンチトーストとパンケーキを作れるようになりました。フレンチトーストは食パンを一口大に切り分け、卵液を作って両面を浸し、フライパンでゆっくり焼く。パンケーキは粉を混ぜるときにボールのほうを回しながら練らずにさっくり切るように混ぜるべし。目で見て覚え、身体がひとりでに動くようになってきたのが頼もしいね。食べたいものが自分で作れるって、大事なことです。息子にも、姉のようにちょっとずつでも料理を覚えて欲しいなあ。何もかもが不安定ないまこの時期だからこそ、自分自身の力をいろんな方面に伸ばす練習をこつこつくりかえすことが大切なような気がしています。

# 1　あさごはん（澤田康彦）

## なんという余裕のある日々

「へえ、ぜんぶ木でできてるんですか?」

娘が寝言を言っている。春の朝日さす布団のなかで、なんの夢を見ているのか?

「じゃあ誰とデコずもうやればいいんだよ!」

と息子。こちらは寝言ではない。朝から布団の上で、母親にデコずもう（おでこでぐいぐい押しあうやつ）を挑むも断られての発言です。「お父さんとすれば」と妻はよけいなことを言う。

七歳の息子はいよいよ男子になって、必要以上に荒ぶってきた。言葉遣いもじょじょに進化。自分のこともう名前ではなく「ぼかぁ」。若大将。

「ぼかぁプリンが食べたい」「ぼかぁドラえもんの映画がまちどおしい」「ぼかぁおへらしで」（注：おへらしは彼の学校の給食用語で減らしてもらうこと）とか。「ぼかぁ」と内容がアンバランス。語尾も「だよ」から「だぜ」になりつつある。それがどうやらカッコいいと思っているもよう。朝起きたものの寒いのでまだ眠っている隣の姉のほうに転がり「おふとんに入らせてもらうぜ」とワルっぽく。でも、おふとん。

遊び帰り、かついでいたリュックをばんとマッチョに投げ下ろす。そこから転がり出てくるのはラスカルのぬいぐるみ。かわいいもの好きなのだ。ヤンキーみたいね。

朝はたいてい私、息子、妻、娘の順で目覚める。私の場合は、齢《よわい》のせいか、昨夜飲んだビールやワインのせいか、明け方、迎える朝の数だけのありとあらゆる奇妙なトイレの夢――小用をしたいと思っても悪条件でなかなか果たせない、という夢を見、限界を迎えて目覚めるのだ。まれにほっとするような気持ちいい夢もある。おねしょしていないのが不思議なくらいである。

いったん起きるともう眠れないので観念し、まだ暗い台所で紅茶を淹《い》れてみるとか、はかどらないミステリーの続きを読むとか、音を消して大人の洋画を見るとか（子どもに見せられないシーンの多いやつ）、うろうろごそごそしていると、起き出してくるのが息子。一方でロックをがんがんかけても起きない姉と、姉弟でその違いはどこにあるんだろうと毎朝思う。

家族四人がダイニングに揃うのが午前九時頃。そこからゆっくり朝食となる。本上さんの手記にもあるように、野菜切ったり蒸したり、コーヒーを淹れ、パンはフライパンで焼き、ドレッシングを慎重に調合する。テーブルを拭き、食器揃えて、その合間に洗濯を始めたり、金魚にエサをやり、ゴミを出し、緑に水をやって、庭に来た鳥を観察し、ちょっとストレッチ、アキレス腱《けん》を伸ばしてみたり。黙々とコトを進める。大声で喋り続けているのは息子ひとりだなあ。歌ってることが多い。「そらをこえて♪」「ビルのまちにガオー♪」「まっかなマントを♪」「ひかるうみ、ひかるおおぞら♪」…古いアニメソングが主流なのは父のせいだ。

妻も私も通勤はない。ステイホームの現在はそもそも仕事があまりない。子どもたちには通学がない。勉強もしない。たっぷり寝てよく食べる。身長がぐいぐい伸び、髪の毛がじゃんじゃん伸びてくる。私はひげが伸び、鏡を覗けば「こんなにシロヒゲだったのか！」「じぃさんだ!!」

新型コロナ禍前、私が東京から戻ってきた年明け、ふたりの子どもの三学期の朝は、こんな時間帯、こんな暮らしではなかった。京都の底冷えに震えながら五時半に起きて、まずはガス炊飯器のスイッチを入れ、お弁当とおかず作りのスタートだ。東京の単身赴任時代、自分ひとりなら玉子焼きなんか作らなかったのに。きんぴらとか揚げ物とか、朝からかい！　なんて自分ツッコミをしつつ。春夏秋冬、屋外の気温は水道水に触れればよく分かる。一月の古都の水の手の切れるような冷たさよ。

午前六時十分。泥のように眠る娘を約十分費やして立ち上がらせる。髪が長いので、壁でぼさっとうつむいている姿は『リング』の貞子さんのようでぎょっとする。六時半には息子を起こし（こちらは起きていることが多い）、それぞれにあさごはんを食べさせつつ、弁当を整え、水筒にお茶を入れ、姉を急かして送り出し、続いて弟と地下鉄の駅までごんごん歩く（息子は喋り続けている）。

そのあとだ。自分には必須の朝のコーヒーを飲めて、あさごはんが食べられるのは。けれどそれは残り物のような冷めたおかずで、そんなに食欲もなくなっていて。それが一週間のうちの五、六日。って、ほとんど全部やんけ。

あの大騒動の毎朝に比べたら、いまはなんという余裕のある日々だろう。現在はもう実に本当にしんどい自粛の日々だけれど、この余裕の朝食だけはとても新鮮でうれしく思う。家族の顔、仕草がじっと見られて、子どもの言葉がちゃんと耳に入ったり、準備やあと片づけ、手伝いをさせたり、笑って怒って話しあい呆れかえって、歌って跳ねて踊って…そんなことができる朝なんて。皮肉にもステイホームを命じられなければ得られなかった「普通の時間」。午前の陽の光を共に浴びられる時間。

一刻も早く去ってほしいコロナ禍だが、でもそれが去ったあとはどんな光景となるだろう？　またドタバタの朝が再開するのだろうか？　再開してほしいような、してほしくないような。本好きの娘は「ずっとこんなでいいなあ」ともらす。それはあかんで、と一応応えておく。

政治は、社会は、制度はどうなるのか？　投票率とかは上がるかな？　ただ利権にしがみつき、座を譲らず大いばりでいたたい政治家たち、淘汰されるかな？　「ＧｏＴｏキャンペーン」？　ださい名だ。また利権かいな。みんなのお金使ってキャンペーン組まなくてもコロナが終われば人はほっといても遊びにいくわい。

学校の時間や、働く時間は変えられないのか？　満員電車はやっぱり避けようのないものなのか？


もし豚をかくの如くに詰め込みて電車走らば非難起こるべし　奥村晃作

みんな働きすぎではないのか？　管理されすぎてはいないか？

教師、医師、看護師、介護士……未来を支える職業の人たちが、みんな過度に不当に追いこまれていないか？

「一人一人の暮しがいちばん大切」。花森安治《はなもりやすじ》初代『暮しの手帖』編集長の言葉だ。本当にそう思う。それさえ守っていれば、あの戦争はなかったのだ、と。

あさごはんの話をきっかけに興奮してしまったが、つくづく朝の貴重な時間、いまの半分でもよいのでゆっくり迎えられるような世の中、暮らしになってくれればいいなあと願う。湯沸かしからじっくり十分かけて淹れたコーヒーを啜《すす》りながら、祈る。

# グネリのちびまる

「うーん、ぱっ」

スクワットからの直立。両手をタケノコが伸びるイメージで高く上げる。

「うしろ、まーえ」「みぃぎ、ひだり」

ぐいぐいっと、身体を前後に曲げ、左右にねじる。うー、背中のほうからぴきぴきと異音がします。

「ふねふねふね、ふねふねふねふね〜」

両手を横に伸ばして左右に揺れる。反復横跳びのような動きを手拍子打ちしながらくりかえしたあとお尻を振ってしゃがみ、ジャンプ！

夕暮れの賀茂川にやってきました。シロツメクサがみっしりひんやり茂る草地で、即興の「おかあさん体操」をしています。私が思いつくまま動くのに合わせて、子どもたちが真似をするのです。リズム感もセンスもゼロのださい動きに、かえって大喜びの娘と息子。五月の風が吹き抜ける広々とした野原で間抜けな体操をする母子を、離れたところから他人のふりをして夫が眺めています。あ、動画は撮らないで。

コロナによる休校生活三カ月。茶の間で風船バレーボール、腹筋背筋合戦、相撲、家の前でバドミントン、四、五日に一回は賀茂川、十日に一回は京都御所、とやりくりしながら最低限に抑えたマスク姿の外出、運動の機会を作ってきましたが、外出自粛生活もようやく一段落。ほっとしました。元通りの生活にはまだまだ戻れそうにないけれど、これからはもう少し外で身体を動かす機会を増やしたい。

それにしてもスマホの歩数計が《28歩》、なんてことも珍しくない日々で、本当に予想だにしなかったことが起きた春でした。

元々私はスポーツにほとんど縁がなく、何か運動を！　とは自主的に思わないタイプ。ですが、さすがに動かない日々が続いてちょっと調子がおかしいように思います。まず身体が硬くなった。東京に住んでいた頃から行きはじめて、ほぼ定期的にパーソナルトレーニングに通っていた私は、愛情こもった厳しい指導のおかげで、必要最低限度の筋肉があるにはあったのですが、ステイホームとなった途端これらは速やかに音もなくどこかへ去っていきました。代わりに忍び寄ってきたのは、たふたふもっちりした背中の肉だ。憎い。

通っていたときは指導をしてくれるN先生の「筋肉はまだ死んでない！」のセリフをゼエゼエしながら「もうイヤだ」と聞いたものだったけど（普段はとても優しいのですが、トレーニング自体はスパルタ）、それもしばらく聞いてないとなると、寂しくもあります。苦労して筋力をつけたのに、またマイナスから出直しか…とほほ。

学生時代を思いかえすと、自転車通学片道一二キロ、これは結構いい運動でした。三年でふくらはぎがシシャモっぽく、腿《もも》もぱつんぱつんになった。持久力もかなりついたし、あれは良かったなあ。子どもの頃からトレッキング、山登りが好きなこともあり、持久力系の運動は得意ってことなのでしょう。

一方で最悪最低だったのはエアロビクスの授業でした。リズムに乗り、鏡に向かって先生のダンスを真似して踊るやつです。ひとりだけ動きがずれていき、立ち位置もどんどんどんどん後ろへ下がっていく。友だちが上手く避けながら踊ってくれていましたが、一曲終わるタイミングで背後の壁と同化する勢いでした。毎回「ほんじょ大丈夫？　目ぇ死んでるやん」とクラスメイトに言われたものです。ソーラン節や盆踊りはわりと自信あるんだけど、エアロビクスはあかんかった。

さらにダメだったのは球技。どうやら「球がどんな軌道で動くのかを予測、想像する能力が乏しい」ようで、投げるのも打つのも受けるのも逃げるのも蹴るのも転がすのも、もう何もかもが変になってしまうのでした。休み時間のドッジボールもキックベースもずいぶん肩身の狭い思いをしましたっけ。

いまでこそ少しはましになりましたが、球のコントロールはやっぱり難しい。いわゆる暴投をくりかえして、息子からは「おかーさん、ちゃんとぼくのところにまっすぐ投げかえして！」と半笑いで注意されることもしょっちゅうです。

《うう、くやしい。みんなでおれをばかにして》

というのは佐々木マキさんの傑作絵本『ぶたのたね』の主人公、どんくさいおおかみのセリフですが、あれが口から出てしまう。

先月などは、サッカーのパス練習につきあっていたら足をグネって（＝ねんざして）、夫からは「グネりのちびまる」と感じの悪い呼ばれ方をされました。

ちびまるというのは夫がつけた呼称です。出典はアニメ『ピュンピュン丸』の弟、チビ丸からとか。旧《ふる》い作品なので私は見たことがないのだけれど、話を聞くにかなりおもしろそうな内容です。私自身はちっちゃくもなく忍者でもないので、つまり小者《こもの》ということか。むむ。

さて、こういった運動神経、運動の能力は、代々受け継がれるものなのでしょうか。うちの娘はわりともたもたしていそうで、でも山登りはバテずにひょいひょい上がってくる。これは私に近いタイプなのではないかと思いこんでいたものの、キャッチボールが思いのほか上手くて、しかも結構強い球も投げられることがこの数カ月の休校期間中、賀茂川でわかりました。これは本人も意外だったようで、嬉しい発見。

息子は一年前からサッカーに加えてテニスを始めたばかりなのですが、この半年はレッスンお休み、ここ最近はバドミントンにはまっています。

ラケットが軽くて、俊敏に動けるのがおもしろいよう。反応も速くかなりの確率で打ちかえしてくるので、元バドミントン部員の夫はすっかり喜んでしまい、しょっちゅう「やるか」「おう」とつるんで、家の前でやっています。息子用に短いラケットや、新しいシャトル（羽根）まで買い与えて、なんだか楽しそうだな。

おーい、サンダルでやったら危ないし、靴履《は》いてやってね！

息子はともかく、夫が調子に乗って足をグネらないか心配しつつ、でもほんのちょっとだけ期待してしまう。

「グネりのさわやん」と言って仕返ししてやりたいのであります。

# さぁ来い、オッパイ山

2　運動（澤田康彦）

「グネる」を辞書で引いてみる。

《ぐね・る［他五］くじく。ねんざする。『足を―・る』》

…なんてウソ。そんなんあるわけない。

でも（関西なら）まあ誰でも知っているはず（と本上さん）。なんなら「くじく」より使うかも。「きのう河原でグネってしもてん」「あかん、グネってもうたわ」とか。本上さんも前の原稿で上手に使ってる。「（夫が）グネらないか」と、ちゃんと動詞の活用もできている。グネるとき、グネれば、グネれ。

妻の願いむなしく、夫はいまのところグネっていない。が、そもそもとても身体が硬く、この外出自粛続きでいよいよガチガチに固まってしまったようで、グネらずともあちこちが痛むのだった。言うなれば既に全身グネっている状態かもしれぬ。

ついこないだまで、ぎりぎり逃げきっていた子どもらとのオニごっこも捕まるのが当たり前になった。追いかけるのもひいはあぜいぜい空《むな》しい結果となり、さらに目の前で「べんべろべーん」とこれ見よがしに跳ねられてくやしいやら腹も立つやらで、賀茂川に出るのもイヤになりかけている。

息子ときたら、草地ではぐんぐん活性化してすぐ飛びかかってくるからなあ。とりわけ相撲が大好き。いつだったかテレビで一緒に見た碧山《あおいやま》対炎鵬《えんほう》戦に大興奮。ブルガリア出身の大型力士・碧山は胸が著しく大きく、ぶらんと垂れているため私らはオッパイ山と呼んでいるのだが、そのオッパイに小兵《こひょう》の炎鵬の顔が埋もれてしまう取組を息子は録画のビデオで何度も何度も見ては、そのつどお腹が痛くなるほど笑っていたのであった。

「さあ来い、オッパイ山！」と息子。父さんはそんなではないのだけれど。

えい…すこん。息子は弱い。けれどいつか父さんは負けちゃうんだろうなあ、といまから胸がしんとする。子どもに負けるのはイヤだなあ。

それで思い出したのだが、私の東京時代のパーソナルトレーナーの女性に聞いた話。彼女はテニス部出身で、そのテニスは父が教えてくれたもの。小さいときから毎週のように連れていってもらったが、中学生になった頃、父に勝てるようになりだした。そうしたら「もう誘われなくなったんです」。

分かるなあ、それ。父は負けたくないのだよ。ただただイバりたいのだよ。負けたら全然楽しくない↓やめる。分っかるわあ。ちなみにその父親の趣味は『マジンガーZ』のフィギュア集めだそうで、私よりかなり若そうだ。

さて、「グネりのちびまる」という異名を持つ妻の痛みも癒《い》え、賀茂川は再び有酸素運動の場へと戻っていった。

妻は持久力があり、彼女の母親と登った八ヶ岳でも母の荷物まで持ってあげた、つまり前後ろにリュックを提《さ》げて登ったというからすごいな。そして彼女は歩くのも異常に速いのである。私は数歩あとを歩みつつ、何をあんなに急いでるんだろ？　といつも不思議に思うものの、よって妻は、散歩の提案のみならず、オニごっこでもかけっこでも家族のリーダー格となっているのが憎らしい。

ときどき、子どもらの前で夫をおんぶしたりする。なんならスクワットもする。あれはフザけているんだなと思い、私も無邪気に笑って背中で「イエー」とか言っていたけれど、実はある種のマウンティングではなかったかと気がつく。

夫のことを「おやびん」と呼びはじめ（だから「ちびまる」となったわけだ）、それは敬称だと思っていたが、ひょっとするとイジっているのかもしれない。

いずれにしても、子どもらはちびまる傘下《さんか》にあり、つまりは着実に子分、手下《てした》化させているもよう。やべえぞ、おやびん。ぼんやりするな。

最近は、原稿にもある通り子分ふたりを従えて、広い空のもと、奇妙なダンスを開始した。手を広げ、天を仰いで、ゆらゆら揺れ動くアクション。ＵＦＯを呼んでいるかのよう。恥ずかしいな。通りがかりのみんなが見ていくぞ。離れていよう。わんわん。犬も吠えてるぞ。あ、トンビやカラスも頭上を旋回しはじめた。

そういえば昔から芝生や砂浜に出たら、突発的にはしゃいで妙なダンスをしだしていたもの。屋外に立つと自動的におかしな脳内物質が湧いてくるのかな。

ダンスというか、基本的な動きが和風なので、踊り。そうだ、盆踊りの所作かもしれない。腕を振り、ステップを踏んで、本上さんは「このな、この一回ちょいと下がるとこが好きやねん」なんてつぶやいてる。

ただ。いまのところ、家族のなかでは、テニス、バドミントン、キャッチボールなどの球技ものは父親が断然上手く、これだけはまだまだ譲るものではない。下手な人の相手をすると、「見える。すべてが止まって見える！」って少年漫画によくある感じで、面白いように勝てる。

妻は球技がことのほか苦手というのは、確かな事実である。

いつだったかテニスをやってみたときに驚いた。テニスとは一回バウンドしたところを待ち、打ちかえすのが基本形なのだが、落ちる地点に身体を持っていくとは。そしたら打ちかえせないだろう。

知りあった頃、キャッチボール用にグローブもプレゼントしたものだが、キャッチはともかく、投球、コントロールに非常に問題あり。ここまであさって方向に投げてしまう人間を私は初めて見た。

そんな本上がアイドル時代、大阪ドームにて始球式。近鉄バファローズのマウンドに立ち、ボールを投げたのである。対するのはオリックス・ブルーウェーブの一番バッター、イチロー選手。本上まなみ、大きく振りかぶって、投げた。

あっ！　これがまた全然届かないひょろひょろ球。イチロー選手が苦笑いで軽く空振りを演じてくれた。まったくもって信じられない話だね。いまはもう球団名も球場名もみんな変わってしまったなあ。

もうひとつ、サントリービール主催の「モルツ球団」の試合でも始球式を担った。このときはボールがまっすぐ一塁方向に。

牽制《けんせい》球やがな！　と、みんながつっこんだはず。そして本人は…と見たら、マウンドでばったり転んでいた。運動が苦手な人はすぐ転ぶ。

あれ、グネったんちゃうかな。

## 3　毒虫（本上まなみ）

### なぜそこを狙うのじゃあ

普段ほとんど医者通いをしない私ですが、年に一度の恒例、皮膚科クリニックに半ベソで駆けこむ季節が近づいてきました。

原因は虫刺されです。

事件はたいてい母方の田舎、庄内で休暇を過ごしているときか、海や山に行楽に出かけ、やほーいやほーいと調子に乗って泳いだり踊ったり食べたり飲んだり、あるいはのんきに眠りこけているとき起こります。

不可解なのは他に人がいるのにもかかわらず、必ずピンポイントで私だけ餌食《えじき》になってしまうことだ。足首、脛《すね》、太腿はもちろんのこと、キャンプのバーベキュー中に首筋、山奥の滝壺《たきつぼ》で二の腕、屋外の公衆トイレでお尻（卑怯者め）、庄内で手首、京都の奥座敷・貴《き》船《ぶね》の川床でご馳走を食べているときはワンピースの袖口から進入、脇腹を。さらには、とある寺院に取材で伺ったとき、ご住職のお話が核心に迫っていく一番いいところで左肘に異変あり。

なぜいまそこを狙うのじゃあ!?

普段、動体視力が半端なく優れていると家族に言われ、視界の隅に動くものあれば「はっ」と気づき、ぴょんぴょんグモもすぐ発見、ゴキブリ退治も得意、いつだって身の回りの小さな異変を見逃さない私なのに、毎年毎年、たった一パーセントの隙を巧妙《こうみょう》に突いてくるブヨやヌカカ、アブたちよ。

どこかに慢心があったのだろうか。何か恨まれるようなことしましたっけ。田舎に集うイトコやおじおばたちなんて常にガードゆるゆるなんだぜ。全員短パン、ビーサン、ランニング。虫除けスプレーしているところもほとんど見たことがありません。うちの息子なんて夏場は基本ハダカで暮らしているというのに。ちく…あっ！　飛び上がるのはいつも私だけなのです。

最初は皮膚の上にぽつっと点が。そこを中心にみるみるうちに表面が硬くこわばり、熱を帯びて赤く腫れ、むず痒《がゆ》い痛みが襲いかかってくる。数時間後には広範囲にわたってパンパンに腫れ上がるのであります。関節近くをやられると、腫れで可動域もなくなるほどのひどさ。

病院の先生も、毎度おなじみといったふうで、「ほんじょさん、カルテを見たら昨年の日にちと一週間ほどしかズレがないですよ」「このしこりみたいなのは結節といって、しばらく尾を引きます。なるべく掻《か》かないように飲み薬も飲んで、早く治しましょうね」。同じ言葉を掛けられる。

毎年何をどうやっても、毒虫たちからは本当に逃れられないのです。

そうそう、バリ島でも何かの大群に襲われたことが。山奥のリゾート、ウブドという村で、のんきにプールで泳いでいたらふわふわふわふわーっと、頭上に小バエサイズの虫が集まりだした。水から上がったらさらにふわふわー。熱帯の自然豊かな土地だからまあこういう虫もいるんだねなんて思っていたら、身体中がぶつぶつと痒くなりだしたのです。両手両脚お腹も背中も斑点だらけ！　まさかここにも天敵がいたとは。

慌ててホテルのフロントに出向き、ブツブツを見せながら痒い痒いと訴えたら、虎の絵のついた軟膏《なんこう》を貸してくれ、身体が凍るくらいにすーすーするその薬を塗りこみました。うかつに森のなかで水着になったのが悪かった。調子に乗ってはいけない、なんて反省してもあとの祭りでした。

毒虫は他にもいろいろいる。

高校一年生のとき、テストの開始直後私の机に這い上がってきたのはテラテラと怪しく光る赤黒いムカデ。しかも一五センチ以上の大物。絶叫です。

試験監督のY先生が出席簿でぶった切り、危機は免《まぬが》れたものの、まっしろのテスト用紙の上でびんたらびんたらもがき苦しむムカデが恐ろしすぎて、いまだに強烈なトラウマになっている。

その後、靴箱の上履きに潜んでいたムカデにやられた先輩がいるという噂も聞き、以降は必ず靴のなかを確認してから履き替えるようになりました。これ、山の上の学校あるあるでしょうか。

いま暮らしている築百年くらいのわが家にもときどきムカデの小さいのが縁の下から出てきたり、ハチが軒下に巣を作ったり、ヒルがお風呂場に登場したりと、いろいろありま す。ヒルはお風呂のタイルの目地にそっくりな太さで、斜めに横たわっていたりするので「あれ、タイル割れちゃったかな？」と思い、近づいてよく見ると、割れ目が動き出す。トンカチみたいな形の頭を左右に振って進む。一体どこから来たのか？　お風呂場では眼鏡を外しているので要注意だ。

基本的に昔から虫好きで、バッタやチョウチョやカマキリ、ダンゴムシもアリの卵もなんでも触ってみる「虫取り子ども」だっただけに、毒虫にも興味はないではない。痛くなければいいんだけどな。

つい先月のことです。

わが家の玄関脇の椿《つばき》が、みるみるうちに葉を減らしはじめて何事かと思っていたら、チャドクガの毛虫が発生！　葉っぱの裏にびっしり整列しているアレです。タイミング良く剪定《せんてい》しにきてくれた庭師さんに退治してもらいほっとしていたのですが、一週間後、見慣れぬ蛾《が》が網戸にへばりついているのを見つけました。一センチ少々の大きさ、全体に黄色くて触角も顔も脚までもモフモフの毛に覆われ、黒目はぱっちり大きいなんとも愛らしい顔立ちです。『グレムリン』のギズモのよう。

おーい！　私は息子を呼びました。見て、窓の向こうにかわいい子がいるよ。

ところが、それはまさかまさかの、チャドクガの成虫だったのです。ネットでチャドクガを調べた夫が「これ、成虫！」と。

こ、こんなかわいい顔立ちだったのか…。ふー、危ないところであった。

背後で夫はこう冷静に言いました。

「卵を産むし、退治しとかなあかんなあ…。ちびまる、気ぃつけてやりなさい」

どうやら私、退治を託《たく》されたようです。

# おや、はっぱのうえに

## 3　毒虫（澤田康彦）

これチャドクガやんか！

　というのが本上さんの原稿のこれまでの展開。彼女はかつてテレビドラマ『陰陽師』で「蜜虫《みつむし》」を演じましたが、今回は「毒虫」の巻。気色悪いテーマを選ばはったなあ。

　チャドクガ。買ったばかりのごっつい『広辞苑　第七版』によると、《ドクガ科のガ。開張二（雄）～三（雌）センチメートル。年二回発生し、幼虫は茶・椿・山茶花《さざんか》の葉を食害。幼虫・成虫・繭《まゆ》には毒毛があり、これに触れると激しいかゆみと痛みを覚え、皮膚に赤い発疹《ほっしん》を生ずる。幼虫を茶毛虫という》。

　カ行が多く、読むだけでかゆくなる。幼虫でも成虫でも繭までも毒毛があるなんて、どんだけ守ってる。チャケムシって！

　この虫には、一昨年の夏、本上母が庭仕事の際に腕をやられた。最初はぽつぽつと発疹、「かゆいかゆいかゆい」。掻いたのもいけなかったようで、あっというまに腕全体が腫れ上がった。のちに知るのだが、毒針毛《どくしんもう》にやられた場合は「掻かずに」まずは「落ち着いてガムテープでぺたぺたと毛を取る」ことが肝要だそう。そうは言われても、むずむずしたら掻くよねえ。落ち着いて、なんて言われても。

ちなみにヤマヒルがくっついたときの対処法も「すぐに取っ払ってはいけない」。傷口が広がるからとか。塩をかけるかライターの火を近づけるなど落ち着いて…って、私もフライフィッシングなどの山行でしばしば出合うけれど、血でぱんぱんに膨れたあいつをくっつけたまま落ち着くなんてできません。当然見つけるなり「うひゃっ」と振りはらう。血はなかなか止まらない。ヒルは噛むと同時に痛さを感じさせない麻酔成分や、血を固まらせない特殊成分を出すそうで、なんて小賢《こざか》しくあくどいやつ。噛み跡はYの字のような、メルセデス・ベンツのようなマークとなる。前に釣りに同行した女性Nちゃんは眉毛と眉毛の中間をやられ、くっきり跡を残して、しばらくは「ベンツ」と呼ばれていたっけ。

毛虫といえば、私の最も恐れるのはイラガの幼虫だ。鮮やかな黄色や黄緑色にときおり茶色が配されたボディ。珊瑚《さんご》のようなトゲトゲがあちこちから突き出た姿。滋賀県の実家では「ヤツガシラ」と呼ばれていた。ネットで調べると、「デンキムシ」「オコゼ」「蜂熊」「キントキ」…と地方により違うけれど、いずれも痛さ怖さがしのばれる命名。柿や桜の木につく。柿の実がまだ小さく青い時季に発生、葉と共に落ち、あちこちで草木や枝にまぎれて知らん顔をしている。その緑色を見つけると身が縮こまる。

実家では洗濯物を木に引っかけるので、トレパンなどに潜りこんでいることもあり、それを知らずに穿《は》くと「ぎゃあ!」。電気ショックのような強烈な痛みはハチの比ではない。

人生で何回こいつに泣かされたことか。特に子どもって、うかつに木や葉っぱに手を触れるよね。あれが致命的。

いまも秋に帰省するとき、子どもらに厳重警戒を呼びかけている。それなのに息子などはちっとも聞かずに荒ぶって落ち葉の上、裸足にサンダル履きでボールを蹴っている。それをはらはら見守りつつ、「一回刺されたらいいのに」と願う私もいる。

さて、チャドクガ。ネットの画像などを見ればお分かりと思うが、一枚の葉の上に何匹もの幼虫たちが整列している。かつて正体を知らなかった頃は、公園などで見かけると、妻がパンパンと手を叩いた。すると毛虫たちがむくり一斉に頭を上げ、ゆらゆら揺れた。その様がかわいくて可笑しくて、何度もくりかえしていたものだが、いま思えばあのときやつらは威嚇して毒針毛をまき散らしていたのかもしれない。そしてその木は椿だったにちがいない。椿がお茶の仲間、というかお茶がツバキ科であることもチャドクガから知った。チャドクガの「チャ」はお茶のチャだったのか。

いまの京都のわが家にも、玄関の前に椿の木がある。

「お名前は?」「(椿を眺めて) 椿、三十郎……もうすぐ四十郎だ」

とうそぶく三船敏郎に倣《なら》えば、私は「六十郎」かあ、椿六十郎なんて語呂《ごろ》悪いし、なんて通るたびのんきに思っていたのだけれど、そういうことを言ってる場合ではなかった。通るときには毒針毛攻撃に気をつけねばならなかったのだ。

さあ、そんななか成虫が網戸に現れた。雨宿りではなく、庭師に退治された幼虫たちの仇《かたき》でも取りにきたのだろうか。と思ううちに、翌日からあちこちで成虫が飛びはじめたのである。

庭は子どもの遊び場でもあるので、殺虫剤を買いに走る。庭師の「普通のアースとかのハエ・カ用でよいです」なる言葉を信じ「安いやつ」を購入。殺生《せっしょう》を好まぬ妻がなかなか動かないので、結局私が、長袖、マスク、帽子と完全防備で、庭をパトロール。おお、あちこちで確認した。塀に留まるもの、舞い踊るもの。茶色と黄色の二種は雄と雌。なかにはからみあっているものも。申し訳ないが、カップルにもシューッと毒液噴霧。ばたばたと慌てたチャドクガがこちらに飛んでくる。「うひゃあ！」我ながらへっぴり腰のおやびんなり。笑うな、ちびまる。ゴキブリといい、ヘビ、トカゲといい、彼らはなぜいちばん怯えている者に向かってくるのだろう。

一日で一〇匹以上に噴射した。遠くに飛んでゆくものもあり、本当に効いているのかなあ？　落下した個体には徹底的に噴霧してびちょびちょに。あとでさらに調べたら、成虫への噴霧は危険だとか。ばたばたするときに毒針毛をまき散らすので、「毒針毛固着剤」がよいそう。庭師、それは教えてくれなかったな。

戦いのあと、玄関先を見ると、私の倒し、落としたチャドクガの死体をちびグモがさっそくちゃっかり引きずっている。自分の体の五倍はある蛾を。こいつはハエトリグモ、わが家では「ぴょんぴょんグモ」と呼んでいるすばしっこいやつ。

それをすぐに本上さんに伝えたら、「あかん！」と叫んだ。「それ食べたら死ぬ」。急いで妻は箸を摑んで外に飛び出し、それでクモからチャドクガを引きはがそうとする。しかしクモのほうは「何するねん！」と口でガチッとくわえたまま絶対放そうとしない。本人にしてみれば「せっかく拾ったごちそうを取られてたまるか」ってところ。ぴょんぴょんグモに本上さんは「ごめんな」「あんたのためやからな」と語りかけつつ、箸でぐいぐい蛾を引っ張る。譲らず踏ん張るクモ…。うーん、いい戦いだ。

さてさて、ともかく椿六十郎のがんばりで、家の周りからチャドクガの姿が消え、平穏が戻った。が、それもつかのま。ある朝くだんの椿の葉裏に黄色い固まりを発見。ケバ立って、ちくちく感あり…チャドクガの卵だ！


「おや、はっぱの　うえに　ちっちゃな　たまご。」おつきさまが、そらからみていいました。

（『はらぺこあおむし』エリック・カール作、もりひさし訳、偕成社刊）


『はらぺこあおむし』、傑作だよなあ。なんて言うてる場合ではありません。

## 紫と言い続ける

息子の自転車を買いました。

わが家の息子（小二）はこれまで姉のお下がり、ルイガノJ16に乗っていました。私は一六八センチ、夫は一七五センチとまあまあ背が高いほうなのですが、なぜか子どもたちは小柄。だから結構長いことこの一六インチで大丈夫だったものの、自粛生活の間にきゅきゅきゅきゅと背が伸び、気づけばサーカス団の熊が自転車を漕《こ》いでいるふうに。あれ？ 大きくなってきたんだねえ、なんて思っていた矢先、バランス崩して派手にすっ転んだのであります。それで大きい自転車に買い換えることになりました。

自転車。私がコマなし（補助輪なし）に乗れたのはかなり遅く、七、八歳くらいだったかな。さか上がりも上り棒も二重跳びもドンくさくてできなかった私は、当然のように自転車もコツがなかなか摑めず、ハンドルがガクガクぶるぶる、ぶれにぶれ、もう永遠にコマありでいいのになあと思いながら練習していた気がします。

いまはバランス感覚を養えるペダルなしの幼児自転車、ストライダーというのがあって、娘も息子もこれにずいぶん助けられました。しかも、賀茂川の草地、緩やかな起伏は子どもの自転車の練習には最適でしたね。小さな丘の上から出発すればバランスをとるだけで漕がずとも前進するし、転んでも下草がふかふかで痛くないし。オレもここでストライダー乗りたかったよ。

さてルイガノ号は、姉を持つ男子にはよくある話ですが、濃いピンク色でした。

彼は幼稚園の頃、スニーカーもピンクだった。三歳、年少「はなぐみさん」のときはセーフ。体操帽もピンクだったからね。しかし四歳、年中「つきぐみさん」で黄色の体操帽にチェンジ。しばらく経ったある日、彼はぶぜんとした態度で園バスを降りてきた。

「このくつ、ヘンてともだちがいった」

それからの彼は青だの銀だの、ウルトラマンや仮面ライダーのような配色のスニーカーを自らチョイスするようになったわけです。でもさすがに自転車はほいほいと買ってはやれません。だから、ルイガノ号を息子に渡すとき、私と娘はピンクのピの字も出さず「紫の自転車」と言い切った。それから三年「紫」と言い続けてきたのです。

ところが夫にはこの口裏合わせが浸透していないせいか（四年も単身赴任だったので、しょうがないのですが）、ちょいちょい「ピンクの自転車」と言うもんで、娘はそのつど「頼むぜおい」といったふうに眉をしかめ私を見るのでありました。ちょっとだけ弟思いの、いやそれ以上に面倒なことは避けたいタイプの娘。わかるわかる、君は私にそっくりだよ。息子はそのつど「ちがうよ、紫だよ」と父に訂正を入れています。

つまり、とうとうその、どピンク自転車を卒業するときがやってきたのです。

自分の自転車は、自分で選ぶ。それは、四十年近く前、私自身も経験したことです。のんびりとして決断力のない私は、たいていオカンが「これにしとき」と決めてくれたものに「うん」と安心して従っている素直というか適当な子どもでした。ところが小三で自転車を買ってもらえることになったとき「まなみの好きなのを選びなさい」と急に言われたのです。ええっ！　て、そりゃもうどきどきしましたねえ。

私が選んだのはひまわり色でした。前かごが籐《とう》のバスケットみたいなデザインのとびきりかわいい自転車。悩みに悩んだけど、ちゃんと自分で決められたというのが嬉しかった。この相棒とは市民プールに図書館、公園など、水筒とおにぎり、おやつも持って、いろんなところに行ったなあ。ちりりりんと、ベルの音まで覚えているよ。

一番自転車に乗っていたのは高校時代。通学で隣町まで片道一二キロほどを毎日往復していました。頑張ったな。向かい風の日はキツかった。最初は片道一時間かかっていましたが、次第に脚力がつき四十分の記録をたたき出すように。

クイーンの「バイシクル・レース」、これが高校三年間の私のテーマ曲でした。いつも頭のなかで鳴っていた。先日夫がこの曲のMVを息子に見せていたので私も覗いてみたら、まさかの衝撃映像。全裸自転車レースだったんですね！　かなり小学生受けする内容で、息子はというと、案の定、大喜びで見ていました。

息子の自転車の話でした。目指すは二二インチ。ネットでチェックすると主流はマウンテンバイクっぽいフレームの変速付き。確かに息子のサッカー教室のお兄ちゃんたちはこういうのに乗っている。息子は目をランラン輝かせ、次々と見比べ、青白のフレームのを指しました。やっぱりメタル系に惹かれるんだな。「じゃあコレ。コレにしよ！」と、さあポチっと押せ、と超のつく性急さ加減で、圧をかけてきます。

いやいやいや、と私たち。自転車屋さんで本物を見たほうがいいよ。乗ってみないとちょうど良いかわからないんだよと諭《さと》すと、「じゃいま行こ」「いま買おう」「今日」「すぐ」「ヨドバシカメラにあるよ」「さあ」「さあさあ」としつこい。「いいのがあったら今日買ってね」と鼻息荒い息子をなだめつつ、雨の夕方ならお店も混んでいないのではということになり、近所の自転車屋さんに行ってみました。

一軒目。ぴかぴか自転車がずらり。買い物かご付きからロードレーサーまで大量です。それらを見た息子が…あれれ急にもの静かになりました。「座ってみる？」と店のお兄さんに言われ、いくつかにおずおずと跨《また》がってはみるもののなんだか影が薄く、言葉少なに「何色でもいい」「お母さんが決めれば」と減速モード。あれ？　回路がショートしたのかな？　隣で夫が「ぼく、気持ちわかる」と小声でつぶやいた。「買い物の直前、突然気が弱くなる。なんか恥ずかしくなる」。え、なんで？　謎の繊細さんたちです。

取り寄せは二週間ほどかかりますと店員さん、では検討しますとお礼を言って店を出ました。息子はなんだか背中が丸い。大丈夫か？

二軒目。ネットで目星をつけた青白の自転車を発見。慣れたのかちょっとだけ持ち直した息子、さっそく跨《また》がって「これちょうどいいなあ」「これだな」と聞こえるようなひとり言。まあ慌てずに。もう一軒、行こ。

三軒目。京都はさすが、自転車屋さんがたくさんあります。ここは数はそれほどなかったのですが、《九八〇〇円》なる自転車を発見。安い！　それに黒地に赤、白のアクセントが格好いいのです。店員のお兄さんが「雨上がったから試乗していいですよ」とすすめてくれ、初めてちょっと漕いでみることになりました。緊張でカチカチになった息子ですが、最初はふなふなしていたものの、次第にぐいぐいと力強く。もう一周、いい？　もう一周！　とわかりやすく調子が出てきた。美品なのですが、尋ねると中古車なのでこの値段だとか。お値打ちでありがたい（と、ひそかに私）。

その晩。息子は手羽先唐揚げにかじりつきながら「よし、決めた！」。

一夜明けた翌日。私たちは鴨川デルタまで初めてのサイクリングに出かけ、記念に写真を撮っていました。誇らしげで、ちょっとはにかんだ息子と写ったのは、三軒目で出合った黒と赤の中古自転車です。サドルはぎりぎり低くして。

初めての相棒と過ごす夏休み。いっぱい乗って、仲良くなって欲しいなと思っています。サドルもじきに高くなることでしょう。

## 4　自転車（澤田康彦）

### 誰もがヒーローに

　ある瞬間に、すっとレベルがアップする。ステージがひとつ上がる。自分がワンランク「上級」になる。そんな輝かしい一瞬が人生にはある。

　あんなに苦手だった鉄棒のさか上がりが、ふとした瞬間にくるりとできる。あれ？　できた。もう一度…くるり。ん？　できてるな。ぼくとしたことがおかしいな。

　二重跳び。因数分解。ポールのぼり。リンゴの皮むき。うんてい。飛びこみ。魚を釣り上げる。テント設営。スキー、スケート、スケートボード。ラーメンを作る。なんて、子ども時代はステージアップへの門戸は広く、多い。全部コツだからね、飲みこめば難しいことではない。ヒーローになれるチャンスはいっぱいある。できない後輩は下からどんどん生まれてきて、そいつらに自慢もできる。人生って素晴らしい。

　わが子を見ていると、そんなかつての栄光を追体験できる。スキップができず、へこんでいた娘に、やってごらん。できない。いややらなきゃいつまでもできないから。できないってば…（しぶしぶ）こうでしょ（ピョンピョン）。あれ、できた！　となると、アホほど跳ね続けるのは父と同じ性格だ。

息子。失敗を極度に恐れ、負けそうな戦いはあらかじめ避ける。それでいて身ぶりそぶりは荒ぶった、理想と現実のはざまをさまよう少年に、人生の難所は多い。縁日の屋台、金魚すくいの前でなんとかポイを握らせ、たまたまぼんやりしていた一尾をすくい上げた瞬間の目の輝きよ。「あとは自分でやるから、父さんあっち行ってて」というセリフはハラだたしくもありうれしくもある。

自転車習得も代表的なそれ。本上さんも言及していたストライダーは私らの頃には無論ない。いきなりそのまま自転車から。補助輪付きがレベル1。片方だけがレベル2。最後に外してレベル3。そのXデイ、親とか兄に荷台を押さえてもらって一緒にスタート。「持ってててな」「放さんといてな」…ぎこぎこのろのろよろよろ…後ろを振り向けば…「持ってないやん!」どてっ。というのが基本形だよね。

タイヤの直径のランクアップもある。二〇インチから二四インチ、そして大人の二六インチへ。道のりは険しい。行動範囲もそう。母の周り一メートル以内といった乳幼児の頃から、子どもは次第に活動エリアを広げていくわけだが、個人史において自転車の登場はとても大きいもの。最初はおずおずと家の周りを巡っていたのが、次第に距離を伸ばし、やがて隣町へ。少し走れば見知らぬ子どもらがいて、全員野蛮人に見える。実際「ヨソ者だ!」と、私は弓矢で狙われたこともあったな。

あちこちの里を用心して走り抜け、琵琶湖畔まで自力で到達した喜び。山の麓《ふもと》の坂道のカーブを「ノンブレーキで」回りこむ快感。手ばなし運転に成功したうれしさ。遠くの街の大きな本屋さんまで走って大量の文庫を買いこんだ「満足ダヌキ」感。

自転車は、アレキサンダー大王の東方遠征に匹敵する新発見・新文化を子どもにもたらす。自転車こそ人類史上最高の発明である。

ギア数というヒエラルキーもある。〇段変速ってやつ。息子の自転車は六段。走りながらじゃないとシフトチェンジはできないぞとイバって教える。父さんのロードレーサーは一六段であり二七インチであることもつけ加える。

そのマシンは三十年以上前、イタリア、ミラノ郊外のチネリ本社にまで行って、身長や腕・脚を採寸、フレームから作ってもらった真っ赤な「スーパーコルサ」。脚の長さを測る職人が首をかしげ、「アンコーラ・ウーノ」（もう一度）と測り直したのが忘れられない記憶だ。脚短くて恥ずかしかったなあ。現地で当時約四〇万円だった。リラで払った。遅いとは聞いていたけど、半年後にやっと届いた。いまのカーボンフレームとは違うがっちりしたクロモリ鋼。重厚で美しくカッコいいロードレーサー。ではそのスペックを使いこなしたかというと、それはまた別の話なり。

ターザン編集部時代、勢いで出場した群馬県のロードレースでかろうじて完走、後ろから二番だったこと（あとの編集部員ふたりは途中リタイアなので立派）。何回か雑誌の撮影に貸してイバったこと。サドルが高すぎて脚が何度かつったこと。細いタイヤが轍《わだち》にとられがち、危ないのでのろのろ運転だったこと。お店などに乗りつけても、盗まれはせぬかとびくびく落ち着かず（前輪だけ外して持ち運ぶ）、映画なんてとてものんびり見てはいられない。この自転車のよき思い出はあまりなく、あってもまあサエないものだった。チネリ社からブランド殺しで訴えられたら敗訴するだろう。

そんなこんなのうちに遠ざかってしまった。歳月は矢のごとく流れ、いまでは東近江市の実家の旧勉強部屋にでんと鎮座し、ひとり暮らしの老母に煙たがられている。三年に一回くらい「あれ、要るんか？」と母は問う。

だが問題はそれではない。これに乗らなくなった、いや乗れなくなったということは、私の自転車人生ではランクダウンを意味する、ということなのだ。

私の自転車史にはさらなる下降の象徴がある。娘が生まれ、やがて通園が始まった十年前、子ども用の座席も備えつけたママチャリ、電動アシスト付きを購入してしまったという事実。ヤマハ製のこの乗り物の難点は、ラクちんにすぎるということ。なんということだ。ペダルをちょいと踏むだけで、すぃーっと前進する。上り坂もほいほいなんのその。この「ほいほい」が人を堕落へと導く。

さらに。私はこれでひっくりかえって、肋骨《ろっこつ》を四本折った。調子に乗ってスピードを出し（出ちゃうのだよ）、歩道から車道、また歩道へ軽やかに運転…のはずが境界の縁石を乗り越えられずタイヤがスライド、どっかーん！　縁石の高さを見誤るなんて、目が悪くなり、運動神経が劣化、判断能力が鈍ったってことか。そ、そんな！

アイタタタタ。近所の病院に初めての入院、ベッドに転がされ、強烈な痛みで身動きのとれない私は、見舞いの本上さんに「もう若くないさ」と力なく言った。「『いちご白書』をもう一度」やがな。妻のあまりにも淡々と入院手続きからお見舞い、差し入れまで冷静沈着すぎるようすに、「もうちょっと心配そうにふるまえないのかね？」と言ってみたら、「ん？　メソメソ泣いててほしいのかい？」と切りかえされたものだ。

冒頭、ある瞬間にレベルがアップする、と書いた。逆に、ある瞬間にレベルダウンするということもあるのだ。人生も後半に入ればそれが始まる。翳《かげ》りを帯びる。人はそんな当たり前のことになかなか気づかない。自転車の運転やガードレールを越えるアクション、高いところからの飛び降りとかがそれかな。考えてみれば、もうさか上がりはできないかもしれない。懸垂《けんすい》も。そういえば、子どもの前でやった二重跳びも三回で息が切れたし、オニごっこもすぐにつかまるし。やばい！

という、今回は期せずして、暗い終わり方になってしまった。テーマのせいだ。

りんりん。ちーん。

## 5　海（本上まなみ）

### とことん遊ぶのだ

長かった梅雨が終わり八月になった途端、急に高温化した京都。三六、三七、三八度…なんて数字が連日続きましたね。

月の前半は溜まりに溜まっていた洗濯物、カーテンや敷物の類いをじゃぶじゃぶ洗っては干し、干してはたたみをくりかえして、気分爽快。

七月は湿気がひどく、家具の後ろや畳にカビが生えるんじゃないかと心配で心配で仕方がなかったのにこの変わりようときたら！　日本も雨季と乾季という分け方をするような気候になってきたのかもしれないなあと、脳天直撃の日差しに頭をクラクラさせながら洗濯物を干しつつ思ったものです。

さてでも、これだけ暑いのでは子どもたちを外に出すことはできません。せっかくの夏休みなのに。

《厳重警戒》《外での運動は原則中止》《危険》《外出はなるべく控えて》《十年に一度の…》なんて警告メッセージが連日スマホに届くのです。おおこわいこわい。コロナ禍で行楽も控えていたので、梅雨が終わったら自然のあるところに遊びにいこう、思いっきり海で遊ぼう！　なーんて、子どもたちに言いたかったのになあ。

夏といえば海、でした。

うちの母は山形、庄内の生まれ。日本海独特の濃い深いブルーの海に潜り、魚をモリで突くのが得意という野性味あふれる人物で、古いアルバムをめくれば海でガハハと笑っている写真が多数あります。子どもながらに「オカンはほんまに海が好きなんやなあ」と思って見ていた記憶がある。

毎年夏休みになると親戚中が庄内に集まって、おじやおば、イトコたちと毎日のように、当たり前に海に出かけました。母に限らずおじは飛びこみも上手だったし、おばたちもみんな泳いで楽しそうだったっけ。みんなこの海で鍛えられたのです。

母たちのお気に入りの場所は浜辺ではない。「砂でじゃりじゃりするのが嫌だ」とのことでごつごつの険しい磯場《いそば》を選びました。私やイトコたちはみな足を切らないよう古靴下を履かされていました。ださくてもこれが一番安全なのです。

幼稚園から低学年は潮だまりでちゃぷちゃぷ、小三くらいからはじょじょに浮き輪で磯泳ぎに繰り出します。足はまったくつかないので初めはこわごわ浮き輪に掴まっているのですが、次第に立ち泳ぎができるようになり、潜ることができるようになり、底に近づくと水温がぐっと下がる、なんてことも体感できるようになるのがおもしろかった。たったひと夏でも自分が「進化した」のがわかるのです。

そして年下のイトコにコツを教えるようになる。海から岩によじ登るときは寄せては返す波の勢いを利用して「せーの」で岩に取りつくなんていう技もみんな身体で覚えました。

波に揺られながら水中めがねで梅干しみたいなイソギンチャク、大きなアメフラシ、ちびイシダイ、ちびフグ、ちびベラ、磯ガニ、フナムシ等々、いろんな生き物を飽きもせずに存分に見て触って。水族館で言うところの「タッチプール」に全身浸かっているようなものです。身体が冷えたら温まっている岩にへばりつき、暖をとってまた海へ。ただ仰向けにぷかぷか浮かんで、空を眺めるのも楽しかったなあ。

私たち子どもが夕方帰るまでにやることは、バケツにシッタカガイやニシガイを集めることでした。なかには、収穫物にヤドカリが交じっていないかチェックするのが好き、というイトコもいましたっけ。晩の一品、お味噌汁にするのです。

帰りの車はレジャーシートを敷いて水着のまま乗りこむ。日に日に黒光りしていく肩を比べっこしたり、腕や髪についた塩をちょっと舐めたりして「しょっぱ！」と大騒ぎしたのも懐かしい思い出です。

ただただ遊ぶ。とことん遊ぶ。いまふりかえってみると、イトコたちと海で過ごした日々は何にも代えられない宝物のような時間だったと思えます。そしてそれと同時に、私が小学生の頃ってことは、母もおじやおばもいまの私よりうんと若かったのだということにも気づいて、ちょっとびっくり。

今夏の海水浴は断念しましたが、実はお正月は南の島、パラオで泳ぎました。数年ぶりの海外旅行に出かけていたのです。

ずっと前から行ってみたかったパラオ。息子が水に慣れたタイミングで渡航したのですが、まさかその数カ月後に、家から出ることさえ自粛せねばならない事態が起こるなんて、まったく想像もしていませんでした。当時はものすごくのんきな旅行ができていたということで、あれはもしかして夢だったのかな？　と思ってしまうほど世界は変わってしまったのですね。

パラオでは、もちろん毎日海で泳ぎました。日没までの間、食事時間以外はほぼ海に入っているという日々。蘇《よみがえ》る小学生時代！

天候にも恵まれて、私たちは青い海を大満喫しました。ホテルの前に熱帯魚でいっぱいの海が広がっている圧倒的な海世界です。

一体何種類の生き物を見たことでしょう。シュノーケリングスポットを巡るボートツアーも、息子が怖じ気づいたりしないかが心配で恐る恐る参加したのですが、すべて杞憂《きゆう》に終わり、「もっと泳ぎたい」「もっと海に入りたい」の連発で、毎日海から引き上げるのが大変でした。ガイドさんにもかわいがってもらって海にドはまりしたようです。それからずっと「大きくなったらパラオでお魚の場所を案内するガイドさんになる」「毎日ハンバーガーとフライドポテトを食べ続ける」と決意のほどを語っています。連れていった甲《か》斐《い》があったというものです。

これからもいっぱいいろんな海へ泳ぎにいこう。

京都の海もきれいだし、もちろん、かあさんやばばも大好きな、庄内の海もね。

次の夏は例年通りイトコたちと再会できることを願うばかりです。彼ら彼女たちにも、パートナーや、次々と子どもができ、もう次の代へのバトンタッチがゆっくりと進行中です。

# 5　海（澤田康彦）

## われはうみのこシジミのこ

　夏休みになると海水浴場に連れてゆかれた。泳げなかったけれど潜ることはできた。海は広くて大きくて好きだった。このまま行ってみたいなよその国♪　である。

　プールは嫌いだった。教師のストップウォッチも、厳格に線が引かれた幾何学的な感じも、距離を出すごとに水泳帽の線が変わるヒエラルキーも。競うのが前提の場。

　おお忌《い》まわしきプール。入水前にぞろぞろと頭から浴びる（収容所じみた）冷たいシャワーも、プールの水そのものの異様な冷たさも、カルキの毒々しい臭いもイヤだった。それより何より誰かがおしっこしているという疑い。いや確信があった。自分にも幼少の頃に経験があったから。だいたい一、二時間も水につかっていて、誰ひとり途中でトイレに立たないというのはおかしい。ウソかマコトか大きいウンコが浮いてたなんて噂は、繊細な少年をおびえさせた。

　私は実に泳げない人だった。カナヅチと呼ばれ、その大工道具をも憎んだ。水泳大会のカナヅチくん向け出場種目はムカデ競争。泳げない女子たちと縦につながり、誰がこしらえたのか、スキー板のような細長い板に乗って沈めて、ぞろぞろとプールをただ歩く。それさえひっくりかえって水を飲んで、死期を早めそうになった。

毎年冷夏となることを祈る学校時代だったが、海に行く日だけは楽しみであった。家から車で十五分そこそこの新海浜《しんがいはま》に母や近所の衆と向かう。みんなは海の子、抜き手で泳いでいたが、私はもっぱら潜りの子。水中眼鏡で水底をさまようと砂の間に貝がいる。たくさんいる。これを採集する。家に持って帰るとおばあちゃんが喜んだ。今夜は美味しいシジミ汁…ん？　シジミ⁉

そう、私の海は海ではなかったのだ。正体は琵琶湖。「湖」「レイク」であったことをやがて知る。大人はみんな普通に「うみ」と呼んでいたし、「鳰《にお》のうみ」とも言うし、地元の新海浜には「海」の字が。先輩たちは「海水浴場」と呼んでいたし。

だが真実は淡水浴場だったのだ。浜辺の小屋は海の家のふりをしていたけれど、実は「湖の家」だった。お盆が過ぎると風が騒ぎ波が立ち、大人たちは「土用波《どようなみ》」と呼んでいたが、あれはちょっと水面が騒いでいるに過ぎなかったのだ。水平線の向こうにあるのは「よその国」ではなくまだ滋賀県であり、その向こうには福井県が横たわっているのであった。彦根港も長浜港もあったけれど、船は小さく、パイプ姿のマドロスも、オウムを肩に乗せた海賊もいなかった。磯という地名は彦根港の北にあったけれど、その磯にはヒトデもナマコもカメノテもイソギンチャクもいなかった。クラゲに刺される、なんて夢のまた夢だった。近江の国にはキクラゲしかなかった。

「われは海の子」の歌は、唱歌のいわゆるあれ＝白波が磯辺の松原で騒ぐやつではなく、加藤登紀子が歌う「琵琶湖周航の歌」、さすらうやつのほう、暗い歌のほうなのであった。ちなみにこの曲は、琵琶湖大橋のメロディーロードに採用されている。車で渡るつど、タイヤが奏でるしみじみした旋律を聴き、思う。我は湖《うみ》の子、シジミの子であると。

今回の本上さんの「海」の文章には、夫の気配がまるでないことに読者はお気づきだろうか。それは彼女の記憶する海世界に私がいないからに他ならない。

いや夫は決していなかったわけではないのだ。子どもたちと旅した沖縄も白浜も、オアフ島やマウイ島、先日行ったパラオの島々にも、私は確かに存在した。家族が大波小波にキャアキャア騒いでいるときに、夫であり父である人はパラソルの下にいた。寝転がってピニャコラーダを飲みながら、ジェフリー・ディーヴァーの酸鼻《さんび》を極める殺人譚を読んでいたのだ。名探偵リンカーン・ライムも動かないが、こちらも負けずにまったく動かぬ。

冒頭で海が好きなんて書いたものの、私の好きなのは実は湖《うみ》のほうであった。本物の海水浴場の、陽が暑いのも砂がじゃりじゃりするのも磯臭いのも子どもらが跳ね散らかした水で本や電子機器が濡れるのも乾いたあとのベタベタも、あたしゃイヤだね。

ふりかえれば若い私が海を覚えたのは、青春時代も半ば、大学生後期、椎名誠の怪しい探検隊に参加させてもらったときであった。

ドレイ隊員として、一〇人前後のむさ苦しいおじさんたちと向かう海。自らを探検隊と言い募る彼らは、旅館より浜辺のテントを好み、エアコンより海の風を求め、わざわざ持ってきた雀卓をわざわざ炎天下の砂浜に設置、打ち興じたりと、ともかく荒ぶる集団であった。麻雀のメンツが足りないときにはドレイの私も加えさせられたが、フナムシが這い上ってきて集中できなかった。椎名隊長はそれをぱちんと手でつぶして、けったいな色の汁のついたその手で牌《パイ》を捨てた。その野蛮さに驚いた。

キャンプの中心にはでかい焚き火が常にあって、主目的は酒盛り。高歌放吟《こうかほうぎん》し、酔った誰かが空《から》のガスボンベを投げこむと、おじさんたちは全員ぴゅーっと逃げた。その愚かさにも素早さにも驚いた。あれだけ酔っ払ってるのに、よく走れるもんだ。

新潟県沖の粟島《あわしま》。一九八〇年だからもう四十年以上昔のこと。椎名たち数人はボートの上から、嵐近づく大波の日本海にいきなり（準備体操もなしに）どっぱーんと飛びこんだ。上がってきたときには、数十粒の貝を手にしていた。それはシジミではなく、シッタカ。不気味な巻貝だった。しかし浜辺の大鍋で煮ると、スープはしょっぱくて、温まって、胃に沁みた。ああ海の味と思った。

海の男たちとの出会いだった。それまでの私の知らなかった海でのふるまいがそこにあった。探検隊の衆とはそのあとも長いつきあいになり、そのつど海や川、水のある土地が現場となった。十年後には『うみ・そら・さんごのいいつたえ』という海の映画、八月の炎天の石垣島を舞台とした作品を一緒に作る。ずっとのちに私は椎名誠氏の文庫解説を十数冊書くことになるのだが、読むつど思う。椎名作品のあちこちに海の描写があって、その生き生きした具体的な描写のなんというリアルよ。なるほど彼は千葉の幕張、当たり前に海のある土地で育った人間なのだ。

そしてそれは本上さんもそうで、のちに結婚し、あちこちに遊びにいったものだが、海に対していささかも身構えず、すっと同化していく女性を初めて見た。都会よりずっときらきら眩しいなあ、なんてことは今回の原稿を読んでいても分かる。

あと、書いていて、いま思い出した。彼女と知りあったのは雑誌『ターザン』の海・水泳の特集だったことを。「誰か泳げるアイドルを」というので白羽の矢が立った水着キャンペーンガールが彼女。ロケ地はマレーシアのランカウイ島。彼女はボートから躊躇《ためら》わずダイブしたものだ。あのロケの日々を覚えているかなあ？

ガイドから「安全」とは言われても怖かった小さなサメたちや、大味《おおあじ》のでかいヤシガニや、美しすぎるサンセットのことは覚えているだろうけれど、海では影の薄い編集者サワダのことはきっと記憶に残っていない。に私は一万円賭ける。

6　山（本上まなみ）

## コツコツ地道に

やっほーい、ほほほーい。

山が好きです。山には嫌なところがない。そりゃあ切り立った崖とかは怖いけれど、蛇《へび》とか熊に遭遇するのも避けたいけど、昔持っていたリンゴを猿に突然奪われたときはびっくりして腰が抜けたけど…基本的にはとても好ましく思っています。

何が良いって、まず山は良い匂いがするでしょう。空気が濃くて、深々と吸いこむと酸素が身体の隅々にまで行き届くのがわかります。湿った土はキノコの香りによく似ていますね。見分けるのに自信がないので採ることはしませんが、キノコが生えているのを見るのは好き。あのユーモラスな佇《たたず》まいは、間違えて地球に来ちゃった宇宙人みたいな、へんな存在感があります。

そして、朽ちた木や岩を覆う苔《こけ》。私の苔好きは小学生の頃からですが、いまでもちっとも飽きないし、見れば見るだけ好きになります。最近では山へ行くのは苔を見るためと言ってもいいくらい。ふさふさだったり、さらさら、すべすべだったり、種類によってずいぶん触り心地も違うのですが、苔に触れてみたことはありますか？

以前苔観察ツアーに参加したときにガイドさんから聞いたのですが、傷つけたり剝がしたりは良くないけれど、撫《な》でる分には、苔の状態によっては胞子が飛ぶのを促すことにもなるので、迷惑にならないどころか、むしろ感謝されるかもしれませんよ、とのこと。

しかも苔は山の木々にとってのゆりかごの役目もしているのです。

というのは木の実、種子が直接地面に落ちると、土にある雑菌にやられて発芽しなかったりするのですが、苔むした倒木に落ちると草に覆われることなく太陽光を得られ、また苔の湿度に守られてすくすく育つことができる。この現象を「倒木更新」と言うのですが、山の循環に大きな役割を果たしているのです。偉いでしょう？

苔を観察するときには水スプレーとルーペを持っていくのがおすすめです。苔に水分を与えてルーペで覗くと、小さなレンズの向こう側にめくるめく魅惑の世界が出現します。大げさではなく、一時間で一〇メートルも先へ進めないくらいに没頭してしまう。水気を含んだ苔はうるうるきらきらと輝きはじめ、まるで自ら発光しているよう。至近距離から見ると形はどれも個性的で、繊細なガラス工芸品を見ているような気がしてくるはずです。苔の観察を一度もしたことがない方や、特に、じめじめしたところにあるから気持ち悪いと敬遠されている方にこそ、ぜひ覗いてみて欲しい！　ミクロの世界に夢中になること請け合いです。

私のお気に入りはカギカモジゴケ、タマゴケ、フジノマンネングサなど。タマゴケは目玉おやじみたいな胞子体が出る時季があり、実物を見るとほんとにかわいくて笑えてきます。いままでで一番感動したのは北八ヶ岳で見たミズゴケの一種で、手を奥深く差しこんでみるとなんと深さ三〇センチ近くもありました。大きな岩に密集していたのですが、「完璧にセットされたアフロヘア」といった感じで圧巻でしたよ。こういった苔が見られるのは、山でも割と標高が低めのところ。森林帯に多い。

さてさて。もちろん頂上を目指す登山も好きです。うちの母が登りはじめたのをきっかけに、二十歳くらいからもしものときの荷物持ち係としてお伴《とも》するようになりました。京都の愛宕《あたご》山、滋賀の伊吹《いぶき》山、八ヶ岳の縦走《じゅうそう》などですが、最近オカンは山仲間が増えて、誘ってくれなくなったなあ。

テレビの仕事でも登りました。北海道大雪山の赤岳に夏のお花畑を見にいったり、屋久島の太忠《たちゅう》岳に登ったり。屋久島では太鼓岩という場所から眼下に広がった一面の桜の景色が忘れられません。アメリカ、アパラチアン・トレイルでは山小屋前で巨大なムース（ヘラジカ）に遭遇も！　何がびっくりしたって、シカというのにウマみたいな顔だったこと。衝撃を受けました。

何年経っても、山での体験、一緒に登ってくれた先生やガイドさんたちのことは瞬時に思い出すことができます。背中の荷物を軽くするために先に自分の持っているおやつを食べてもらいたくて押し売りのようにすすめあったり、猛獣のようないびきをかく人と、激しすぎる歯ぎしりの人がロケ隊にいて、このふたり以外誰も一睡もできなかった事件が起きたり、周りは魅力的な山だらけなのに二日連続で同じ山に同じルートで登らなくてはならなかったりと、寝食を共にしながらの山行きは忘れられない思い出がいっぱい生まれるのです。

山登りの魅力は、頂上に着いたときの達成感以上に、コツコツ地道に上り下りをする、これに尽きるような気がしています。日常生活では効率とかスピード感とかが重視されがちですが、山では焦ってはいけない。

急勾配のポイントで岩や木の幹に取りついて登っていくとき、あるいは下りでもごろごろ石や木の根が地面の上に広がっている登山道を、足の置き場を見定め、一定の速度で歩いていくときが楽しくて仕方がない。意外に私は、この足の位置取りは瞬時に的確にできるので、一緒に山へ行く人からは驚かれます。野性味あふれるオカンの影響で、足場の悪いところをさんざん歩かされたからなのかもしれない。

心拍数を上げすぎないように、また足首や膝などにかかる衝撃をいかに身体全体に分散していくかなど、山のなかでは延々と体力テストをしているようなものです。怪我をせずに、身体を雨や汗で濡らさないように、水分とエネルギー源を適度に補充しながら安全に登って安全に下りる。山は身体能力と精神力も養われるとてもいい場所だと思います。

京都に暮らすようになってああ嬉しいな良かったなと思うことのひとつに、日常的にそこに山が見えている、というものがあります。なかでも親しみのある風景は、大文字山から比叡山につながる稜線《りょうせん》。賀茂川の右岸からいつも眺めています。北大路橋のあたりから賀茂川の上流方向を見るのも好き。川の流れの奥に緩やかな穏やかな山並みが見えます。

一方、比叡山は大きいので、山そのものが映画館のスクリーンを見ているような気持ちになります。天気や時間、季節で見え方がどんどん変化していくのがドラマチックだなあ。雲が低く垂れこめているようすも格好いいし、秋の西日を受けて赤く燃えるような色になる時間も、冬枯れの色も、青葉の頃も、みんなみんな美しい。

山のある風景、日本全国に好きな場所はたくさんあるけれど、京都の山並みは私のいまの心持ちにぴったりくる。気張らずに向きあえる、家族のような存在です。

## 6　山（澤田康彦）

ときおり本上さんは「出かけよう」と言い出すのである。「歩こう」「散歩しよう」「体操、体操」。

日曜日、あっちの隅とこっちの隅でごろごろ、それぞれの本を読んでいた娘と私が面《おもて》を上げる。え、やだなあ、とふたりで目を合わせる。

「お父さん、先週から全然歩いてない」と妻。「そんなことないよ！」と娘が代わりに反論してくれる。「原稿書けないときとか家のなかをあっちこっちウロウロしてるよ」。ん？「あれはいい運動になってるよ」と言う娘に、「おじいちゃんか」と妻がつっこむと、娘が「そやで」と笑う。むか。

おじいちゃん？　ちょっと待って、プレイバック。前にも言われたぞ。息子の迎えにいったら、見知らぬ幼稚園児が「誰のおじいちゃん？」と。

京都に戻るなりコロナ禍で家ごもり。生まれて初めてのことが多い年だけれど、ブショウヒゲもそのひとつ。伸ばしたらどんな顔相になるのだろうと楽しみにしつつ生えるがままにしていたら、妻がしみじみ「おじいさんやなあ」。本人的には『レット・イット・

ビー』時代のポール・マッカートニーや、サム・ペキンパー『砂漠の流れ者』のジェイソン・ロバーズ、『20世紀少年』のケンヂやさすらうオッチョおじさんの（豊川悦司演じるところの）イメージだったのに。

先々週は風邪っぽかったので近所の医院に行った。「いや日々何かもうしんどくって」と言うと「運動不足ですわな」と医者は妻のようなことを言う。「もうじいさんかも」と自虐的につぶやいてみると、「六十二歳は十分におじいさんですわ」と決めつけた。

あと、さっきつい書いた「ちょっと待って、プレイバック」も我ながら古いな。「え、散歩やだ」と息子も言う。彼は彼ですっかりテレビっ子と化していて忙しいのだ。そうそうやだよね。父さんもテレビっ子だった。日曜はテレビの日だよな。

「おい、今日は『逃走中』があるぞ」と教える。「何それ？」と息子。「大人のオニごっこだよ。ハンターから逃げ切ると賞金がもらえる」と答えると、妻が食い気味に「オニごっこは外で！」。いよいよさあさあ、という展開になってしまって、外、ひとまずは賀茂川へ。と、そのへんは「運動」の巻で書いた通りだが、無理やり（リアル）オニごっこをやらされ、子どもにすぐに捕まり、相撲にキャッチボールにフリスビーにと、このパターンが二週間に一回はあるのだった。

とそんななかで「山」の巻となった。

学生時代は山男だった。前にロードレーサーに乗っていたと自慢したけれど、それも誰にも（編集担当さんにも）信じてもらえぬくらいだから、こちらはもっと信じてもらえないだろう。が、確かに二十代は三〇〇〇メートル級の山に登り、それより下を我々は「丘」と見下していたほどの大変な山男であったのだ。

南八ヶ岳の初登山を皮切りに毎夏、甲州・信州の山々の縦走へ。ここらへん、ちょっと具体的に書かせていただくが、甲斐駒ヶ岳《かいこまがたけ》から仙丈ヶ岳《せんじょうがたけ》、馬鹿尾根経由、北岳へという一週間近いコース。別の夏は大雪渓から白馬岳、不帰嶮《かえらずのけん》を越え、唐松岳から五竜岳を経て鹿島槍ヶ岳へという後立山《うしろたてやま》連峰コース。あるいは西穂高岳からジャンダルムを越え奥穂高岳へという峻険《しゅんけん》コース等々。これらは調べなくても書けるし語れるのだ。特に甲斐駒ヶ岳は最も好きな山で、三回登攀《とうはん》した。軟弱モノは裏から登る、オレらは正面突破、心臓破りの黒戸《くろと》尾根からなのだあ！

保育園時代からの幼なじみたちと登った。田舎町だから、小中高とずっと同じ。登りつつ吉本新喜劇、ギャグ、漫才、学校でのバカ話を延々と、息が切れるまで語りあっていたっけ。シロキくんが息切らしつつ「いますごい面白い、お腹痛くなる話を思い出したんやけど、いまは息が切れるんで次の休憩のときに話すわ」と言い、楽しみにさせといて、十分後の休み場所で「さっきの話は？」と訊くと、「あれ？　忘れた」…なんてことがしょっちゅうあった。景色なんて見ていない。そもそもなんで登っていたんだろう。ただ体力を持て余していたのかな。

我らの登山シリーズの終幕は、槍ヶ岳〜穂高連峰に向かった六月下旬だった。整備前の登山道の縦走にいつもの幼なじみ三人組でトライ。標高約三〇〇〇メートルの槍ヶ岳山荘にたどり着いたまではよかったが、遅い午前にコーヒー飲んで軽装備で山小屋出立という態度についに神の鉄槌《てっつい》が下される。稜線で雪交じりの暴風雨に見舞われたのだ。道に迷い、登って降りて登っても中間地点の「中岳頂上」ばかりに出るという恐怖の無限ループに陥る。陽が沈みはじめ、身体ががちがちに凍え、三つの若き命が風前のともしびに。シロキくんが「オレ、もう死んでもええわ」とつぶやくと、同行のキムラくんが「あほか！」と怒鳴ったのが耳に残っている。

ということをのちに彼らに話すと、「それよりサワダが『遺言を書いてきてよかった』と言ったのが怖かった」と述懐した。「あとサワダ、頂上でこっそりチョコレート食べたやろ」「いや、あれはぼくのチョコレートやったからな」「そういうとこやぞ、おまえのイヤなところは」「いや、あれはぼくのチョコレート」…などといまだに言いあう始末。遠くにぽつんと山荘の灯《ひ》が見えたときの喜び。そのときもらったカリントウの美味しさをいまだに忘れない。あれが最後の登山らしい登山。以降は勾配を登ることがあっても、それは山ではなく「丘」であった。

滋賀の故郷では、実家の裏山から猪子山へ。帰郷時にはときどきハイキング。その提案者も妻であり、先日も登った。息子が「きのこやま？」と訊き、父が「いのこやまだ」と答える。ああそうか、昔ここに松茸を採りにきたことがあったなあ。秋の山は松茸の匂い。それにしても、ぜいぜい、簡単に息が切れる。お父さん全然歩いてない。確かになあ。明日は筋肉痛に見舞われるかもしれぬ。情けないなあ。甲斐駒の私はどこへ行った？　花はどこへ行った？（↑古い）ぜいぜい、ぜいぜい。

妻はずんずん歩く。夫を待つ気もないように前進あるのみ。ごんごん。これが「癒やし系」と言われた人の正体であった。この人は「癒やさない」ことを、つきあって二十数年の私はよく知っている。子どもを従え、標高を稼ぐオカン。子どもは子どもで、すぐ疲れるけど、すぐ回復するうらやましき生き物。

ようやく頂上に到達。琵琶湖が眼下に広がっている。ああ気持ちいいな。いい風吹いているな。私の生まれ育った町のほぼ全容が見える。あそこが小学校、あっちが中学校。あのあたりに好きだった女の子の住んでた家があって（ということは妻子には黙っておく）。

こんなにしんどいのだからけっこう歩いたはず。スマホを見ると四〇〇〇歩ちょっと。少ないな。猪子山の標高は二六七・五メートル。低いな。丘のなかの丘やな。

おじいさんは、このままではいけない。

まずは丘から。丘を越えて行こうよ（↑古い）。

# II

## 2021年

## 全員酒ばかり飲む

みなさんはお酒は好きでしょうか。

私は好きです。ビールや日本酒、ワインも好き。いずれも少量で満喫できる「身体とお財布に優しいタイプ」であります。お酒自体も、お酒のあるひとときそのものも楽しいなと思う。

というのも子どもの頃から酒の席がごく身近にあったからです。

昔、年末年始は母方の田舎、庄内に帰省することが多かったのですが、この母方の親族が揃いも揃ってよく飲むんだ。母は五人兄弟で、兄弟たちとその配偶者、甥っ子姪っ子（私や妹にとってのイトコ）が大集結。年が明けるとそこへ近隣にいる親戚や家業のお仕事関係の方々が次々に年始の挨拶をしにこられるもので、朝から晩、晩から朝方まで無限ループの祭りのような大賑わい、小学生の私たちにとってはお年玉袋がどんどん懐に飛びこんでくるという、最高に愉快な日々を過ごしていたのであります。

庄内といえば米どころの酒どころ、酒のあても海の幸から山の幸まで豊富です。夜はもちろん、日中でもお客さんによっては「さあさあ、おひとつ」なんてお銚子が運ばれてくることもありますし、なんなら家のものたちのなかにも昼ザケ軍団、飲んべえがいるので、機嫌の良い大人が「うひひ」「ひゃはは」なんてごろごろしていたり、ときおりおっとっとっと、とトイレに立ったりするのを見ていました。お酒ってずいぶんいい飲み物なんだなあ、とお給仕の手伝いをしながら思っていたものです。

しかも、ぐだぐだしているのにもかかわらず、お客さんが来られると正座して「本年もどうぞよろしくお願いします」って一応一回かしこまるのがなんだかコントみたいでおもしろいなあ。

普段はもうちょっとちゃんとしていたはずですが、一族全員根っこが陽気なのは確かで、東北人というよりも南国、ラテン系、かなり愉快な面々が揃っていると言えるでしょう。私にとって、正月といえば真っ先に浮かぶのはこの人たちが集う光景なのです。ビール瓶一升瓶が次々に空き、勝手口の脇にはこれらがボーリングのピンのようにずらっと並んでいたのを覚えています。

一時期短歌にはまっていて、私は自分が子どもだったときを思い出しつつ、こんな歌を詠みました。

**ヒロジの子キヨコケンイチトミコヨシコキヨシ全員酒ばかり飲む**
**じいちゃんは夜はごはんは食べません米の汁だけお銚子二本**

祖父廣次《ひろじ》もまた、お酒をよく飲む人でした。晩年まで飲みに出かけていましたし、また家でも晩酌は欠かさず、地元〈大山《おおやま》〉の熱燗が定番で、子や孫が集まるこの時期は「もう一本」「あと一本」と結構たっぷり、その量には似つかわしくないような非常に薄手の小ぶりな猪口《ちょこ》で飲んでいたのが記憶に残っています。亡くなってお墓に入るときはもちろんこのお猪口も一緒に納められました。

おかしかったのはカメラを向けると必ず横にいる妻や子、孫たちにお銚子を持たせ、祖父はご満悦の表情でお猪口を持って写真に写ったこと。家に限らずみんなで外食したときや、温泉旅行中も、関西の私たちの家に泊まりにきてくれたときも、いつでもどこでもこの定番の「ヒロジお酌ポーズ」で撮っていたっけ。背景とメンバー、そして年代がちょっとずつ違うだけのお酌写真たち…私たちにとっては観光地に必ずある顔出し看板みたいなお決まりと言えましょう。

おじおばイトコたちがいろんなヒロジ写真を持っているにちがいない。そちこちに分散しているこれらの写真を集めたらかなりの枚数があるはずで、みんなに声を掛ければすぐに祖父の「お酌アルバム」ができると思います。おもしろそう。一回呼びかけてみようかな。

私たち廣次の孫一四人も、ほぼもれなく酒飲みになりました。みんな酒のあてでごはんを食べて育ったようなものなので、きっと口、舌が似ているのかも。昨年は結局コロナ禍で一度も集えなかったけど、早く宴会が再開できたらいいなあ。

最近のお酒の場で楽しかったのは、呼んでいただいたNHKの『あてなよる』という番組収録です。料理研究家の大原千鶴さんがいくつもの酒のあてをこしらえ、ソムリエの若林英司さんがそのあてにぴったりのお酒を準備してくださるという、お酒好きにとっては夢のような番組。

「大根で呑む」というテーマで、一品目に出てきたのはフライドポテトならぬフライド大根でした。ファストフード店で出てくるみたいに小さな紙袋にささっと入っているというのが愉《たの》しかった。揚げたて熱々を口にすると、かりっとした食感、ほど良い塩味。しゅっとにじみ出る冬大根特有の甘みがなんとも言えず美味しいの。そこに合わせたビールはカールスバーグでした。淡い味の大根を上手く引き立ててくれるんだそうです。ホップと大根それぞれのほろ苦加減もバランス良く、お腹に溜まりすぎずに軽やかで、最高の組み合わせ！　三年ほど前にも一度出演したのですが、大原さんと若林さんのお家に招いていただいたような寛《くつろ》げる空間なもので、またもや仕事ってことはすっかり忘れて満喫してしまいました。

今回ご一緒させていただいたのは落語家の桂米團治《よねだんじ》さん。お目にかかれて嬉しかったのです。映画『細雪』で演じられた「奥畑の啓坊《けいぼん》」のお話も伺えて幸せなひとときでした。なんと家でお父さんの米朝さんが演技指導、というかセリフの言い方をアドバイスしてくれたのだそう。それを現場で実践してみたところ、市川崑《こん》監督が「いやいや、もっと力抜いてふわっとやってください」っておっしゃったそうです。ずいぶん練習してから行ったもので、力抜くのは大変でしたよ、と笑いながら語ってくださいました。私の脳内で再現するにはメンバーが豪華すぎるエピソードだけど、想像するとものすごくおもしろい。素敵なお話です。

古典落語「たちぎれ線香」。米團治さんの柔らかい甘い声の若旦那が私は好きなのです。愛する「小糸」の名をくりかえし呼ぶのがなんとも切なくって。いつか寄席に聞きにいきたいなと思っています。昔のお噺《はなし》はどれもお酒が似合いますよね。

さてと。今夜は冷えるので寄せ鍋でもして温まろうかな。お酒は熱燗がいいかなあ。お猪口からほわっと立ちのぼる香りがいいんですよね。

私のお気に入りは五条通で求めた清水焼、鳥獣戯画の絵のついた薄手の小さなお猪口です。

# 7　お酒（澤田康彦）

## このタコおやじ

恥の多い生涯を送って来ました。

太宰治『人間失格』、「第一の手記」冒頭の沁《し》みる一文である。
私自身はというと、プライド、見栄に気の小ささも手伝って、ふりかえれば「恥をかかぬよう、かかぬように」と日々唱え、それを最上位の価値観として生きてきた者だから、まあ大きな怪我はなくやってこられた。といっても、六十数年の人生であるから、ふりかえればまあ五つや六つ、一〇や二〇、一〇〇や二〇〇はすぐに思い出せるいまわしき出来事…って、けっこう多いがな。

なかでもお酒についてはあれこれ。いや、酒の失敗なるものは記憶が定かでないものが多いから、あれこれどころか実際は膨大な数となっているかもしれない。なんといっても四十数年飲み続けてきたわけだから。これは恐ろしい。よく死んでないな。いま一度過去に飲んだあらゆる友人知己《ちき》に連絡をして、サワダに無礼はなかったか、粗相はなかったか、不義理、無心のたぐいはなかったか、犯罪まがいの行為は？　なんて訊いてみる趣向もあるのだが、いい結果にならない気がする。そもそもたいがい相手も飲んでいたはずで、泥《どろ》仕合《じあい》になるやもしれぬ。

かつてしろうと短歌会を作って遊んでいた頃、友人の絵本作家が「ワイン」のお題で、こんな歌を詠んだ。

**ワインならまかせなさいと云い乍《なが》らグラス倒すかこのタコおやじ　もとしたいづみ**

当時、わはははいるよなあ、とのんきに◎をあげたものだが、いま思えばあれは私のことではなかったか？

**時がたち澱《おり》が沈めばひとゆれで澱が又たち又待たされる　中村稜**

そうだよねえ、いい歌だねえ、古いボルドーワインは慎重に扱わないと。なんてあの頃共感していたけれど、若いリョウくんは、私の「待て」「まだだ」「いまボトルゆすったな！」というちいちいちの口うるささを皮肉ったのではなかったか？

ちなみに、このときの傑作、怪作は以下の通り。

**蜩《ひぐらし》真昼の指先がシャンパンに氷を入れたのは秘密　吉野朔実**

**君が飲む赤い灯火をめざす我テーブルクロスの波を渡りて　ねむねむ**

**グラス底くるくる円《まる》を描《か》きながら「ねこがほしい」と上目づかいに　欣末子**

**「お母さん。結構イイの飲んだでしょ」オッパイ飲みつつ我娘《わがこ》が語る　もとしたいづみ**

私自身は酒癖の悪い人間ではない。しかし飲み方を知らない学生の頃はよく吐いた。あちこちの便器に顔をうずめ、ときには路地でプラットホームで野原で異国で、その苦しさに涙を浮かべて「もうダメだ。オレは心底ダメな人間だ」なんて太宰ばりに悔いたものだったが、社会人になってからはむしろそういうダメ人間の世話をするほうだった。最後に吐いたのは、えーと一昨年か。って、けっこう最近やがな。

記憶が定かでないことが多いとは書いたけれど、なくすほどの経験はない。そういう飲み方はやっぱり避けたいものだ。ミステリーにもよくあるね。飲みすぎて翌朝起きたら自分が犯人かも？　なんてやつ。あれはイヤだ。ウィリアム・アイリッシュの小説の主人公、なんて言うとカッコいいけど。

年上のキャリア女性Aさん。とてもカッコいい業界人で、誰もが憧れる存在。でもただひとつ問題があって、お酒を飲むと記憶をなくす。ある朝目を覚ますとベッドですっぽんぽんだった。脱いで寝たらしいが、洋服がない。どころか下着もない。昨夜は友人と飲んでバイバイして電車で帰ったはず。青ざめて道路に出てみると、道ばたに、下着、くつ、スカートが。家に着く直前に脱いでいったらしい。駅に向かう歩道に、高級ブランドが脱いだ逆の順に点在していたという。

カラんで記憶をなくす友人もいる。ふだんは陽気なBちゃんだが、飲むと切れることも多く、私はおしぼりを投げつけられたこともある。Cくんの誕生会では何に怒ったのか「死ね！」とののしった。Cくんは「誕生日に死ねと言われた」と悲しんでいたけれど、当の本人は翌日なんの覚えもなく、昨日は楽しかったねー、とただご機嫌の人だった。

一昨年はおっさん三人、早い時間から新宿のスペイン料理店で飲んだ。テレビ関係の知り合いで、いまのテレビの仕事について話すなかで大コーフン、メートルが上がり猛スピードでワインボトルが空く。私が仕切っていたからよく覚えているが、その数、九本＋瓶ビール数本がチェイサー。二十四時にはへろへろになってそれぞれ帰宅。あとで聞けば、ひとりは新宿駅の階段で眠りこけて駅員に起こされ、もうひとりはタクシーで昔住んでいたマンションに帰ってしまったという。コロナ禍前の幸福な記憶だ。

いま私があまり飲まない、粗相がないのは、家で飲むからに他ならぬ。家ではほとんど飲まない妻、全然飲まない子どもらとごはんしているからだ。飲まない人たちといると飲めないもんで、一本のワインも三日がかり。盛り上がらないにもほどがある、つまらんにもほどがあるわけだけれども、それはそれで健康上はありがたいような。

飲まない人は冷静なんだよね。本上さんが言うには「飲んでる人って、もう入ってないビールの空き缶をまた注《つ》ごうとする、観察していると、話しながら同じ缶を二回も三回も四回も」。そうかそうだよなあ。あれみっともないよね。缶やお銚子が透明だったらそういうことはないのだろうけど。

あと「明らかに二日酔いなのに、そうでもないふりをする」と妻。うう。

この私めもごくたまにお酒を飲まない日があって、その日はなんだか「善いことをした」って気になるのはなぜだろう？　何かの拍子に二日目も飲んでないなんて日にはもう大得意。それがもし三日続くとなると（めったにそんなことにはならないのだけど）、完全なる健康体になった気がする。肋骨を折り、一週間入院したときはそれだった。骨を折ってでもどんどん健康になってる！　なんて実感があったものだ。

こうして書いていくうちに気づいたのだが、心に残るお酒の思い出ってろくでもない話が圧倒的に多い。逆にあれは美味しかった楽しかったというのは残らないもんだ。だって、みなさんも私が初めて飲んだロマネコンティの舞い上がるような美味について聞きたくはないよねえ？　ダメなお酒の記録のほうが興味深い。文学になる。

「私たちの知っている葉ちゃんは、とても素直で、よく気がきいて、あれでお酒さえ飲まなければ、いいえ、飲んでも、……神様みたいないい子でした」

『人間失格』のラストの文章であります。自分で「神様」言うてはる。

# 8 車（本上まなみ）

## 行きたいねえ、ドライブ

車が好きです。ただ座っているよりも運転するのが断然楽しい。ハンドル握って、前向いて、アクセルペダルをぐっと踏む。ヴォン、ヴォン、ブィーン！（イメージ）

実際の音は、しゅー、ぐるぐるぐるー。

どれだけ踏みこんでもボンネットのほうから聞こえてくるのはネコの寝息のような、静かで穏やかな響き。あのですね、いまのうちの車、温和でとってもいい子なんです。燃費は抜群、ちびやおばあちゃんにも乗り降りしやすい低床仕様、しかもとっても広い八人乗りのミニヴァン。大荷物で大移動、この本のタイトル「一泊なのにこの荷物！」を体現できる車です。京都の街なかは道が狭くて少々運転が大変ではありますが。

自転車は相棒、というのは以前書きましたが、車は私にとって家族の一員です。頼もしい番犬のように家の前で待っていて、「行くよ！」って言うと「ばうっ」って応えてくれる。海でも山でもついてきてくれる心強い存在。雨風もへっちゃらで、すごいよなあ。『ぼくのくるま』という、ごうだつねおさんの絵本をご存じでしょうか。この主人公の男の子の心情が私とぴったり同じで、何度読んでも「そうだよねえ」「わかるわかる」と頷いてしまいます。こんな車があったらなあといろんな夢が語られるのですが、一緒に遊んだり、動物を助けたり、おやつにパンをあげたりする仲なのだ。

いま、私たちが乗っているこの車は、同じく車好きのオカンと一緒に試乗しにいって、「寝れそうやな」「住めそうやな」「どこまででも行けるな」という意見を出しあい、決まりました。ロングドライブが多い一家にとってこれらは最上級の賛辞です。

人生を遡り、十代最後の秋のこと。教習所に通っていた短大時代、仮免許中の私はよく万博公園の外周道路で運転の練習をしていました。母が車に《仮免許　練習中》とデカデカ書いた段ボールをガムテープでべったり貼りつけて「よし、行こ」って誘ってくれたのです。運転はすればするほど上手くなる、が彼女の教え。おかげで試験は一発ＯＫ、無事免許が取れると即実践篇に移りました。祖父も運転が好きだったので、帰省するとよく隣で監督役をしてくれたっけ。じいちゃんの教えは「とにかく車間距離をとれ」でした。これはいまもしっかり守っています。

初めて自分で買った車は、意外に思われるかもしれませんが、２シーターのオープンカー、ポルシェのボクスターＳでした。愛称は「もっちー」。白くてつき立てのおもちみたいな、まあるいフォルムで本当にかわいかったのです。正直自分にとってはかなり思い切った買い物でしたし、周りのみんなに「え！　ほんじょがポルシェ？　大丈夫？」「おもち？　おでんくんだから？」「車だけが芸能人ぽい！」と驚かれましたが、駐車場に停まっているのを見るだけでもニコニコ笑えてくる、大好きな車でした。どこへ行くにも一緒で、仕事場へ行くときはもちろん、山形や大阪に帰省するときも、ちょっとしたドライブもよく行きました。実のところ、仕事上の悩みを抱えてくよくよしていた時期でもあったのですが、もっちーのおかげで良い景色がいっぱい見られたし、明るい気持ちになれたし、幸せな時間を過ごせた。あのとき思い切って買って良かったといまでも思います。

一番好きだったのは冬に幌《ほろ》を開けてオープンにすることで、頭寒足熱《ずかんそくねつ》というような、まるで露天風呂に入っているみたいな気持ち良さでした。まぬけな説明ですが、本当に服を着ているのが不思議なくらいに露天風呂っぽかったんだって。

その後結婚、娘を授かったのを機に、チャイルドシートを載せると夫が乗れないため泣く泣く手放したのですが、一瞬「夫はサイドカーみたいなのに乗ってもらい、それを牽引《けんいん》するのはどうだろう」とは思いましたね。口には出しませんでしたが。

もっちーはまだ若くて元気も良かったので、運良く知り合いが引き取ってくれることになり心の痛みは少なかったのですが、長く人生を共にした車はその後のことを思ってしまい、切ない別れとなります。

いまの車の前に乗っていた車とは十年近く一緒にいました。メルセデスE350ブルーテックというステーションワゴンで、走行距離は最終的に一四万キロメートルくらい。買った当時は東京に住んでいて、納車されてまもなく東日本の震災が起きたのですが、ディーゼル車だったため都内でも燃料補給に苦労することがほとんどありませんでした。音はガラガラガラと結構うるさくて、トラックが近づいてきたみたい、ってよく言われたもの。歩行者によく気づいてもらえる車でした。

目指せ二〇万キロメートルって唱えてもっと乗るつもりでいたのだけれど、だんだんしょぼしょぼして調子悪いときが増えてきて、よくハンドルさすって「がんばれえ」って応援していたっけ。いよいよ買い換えかと覚悟を決めてからも、なんだか気が引けるので新しい車についての話は最後まで聞かせないようにもしていました。お別れの日に洗車するときは涙が出たよ。

親しいスタイリストYさんも新しい車の納車日に、手放すほうの車のエンジンがかからなくなったんだと悲しそうに話してくれたことがあります。メカだとわかっているけど、もしかすると生命体なのかもと考えてしまうのは私だけではないみたい。

そういうわけで、私は車が生き生きと活躍するアニメも好きです。古くは『チキチキマシン猛レース』だし、大人になってからはピクサーの映画『カーズ』にはまった。特に『2』で出てくるメインキャラクター「フィン・マックミサイル」のファンです。車なのに髭《ひげ》が生えているんだよ、ダンディだねえ〜。フィンが登場する冒頭のシーンが「007」みたいで格好いいんです。未見の方にはぜひおすすめしたい。何度見てもわくわくするよ。

ちなみに夫もファンで、単身赴任中、東京のアパートにトミカのミニカーシリーズをちょこちょこ買い集めて愉しんでいました。それがあるとき『カーズ／クロスロード』のヒロイン、「クルーズ・ラミレス」のボンネットに、日本版の吹き替えを務めた女優・松岡茉優《まゆ》さんからサインをいただいたことを自慢してきてびっくり。よくよく見てみるとうちの息子宛にサインをもらう、という卑怯《ひきょう》な手を使っていた。京都に持ち帰ってからも息子にはちらっと見せただけで、あとは触らせないよう高いところに飾っているのです。私はメーターの声、山口智充さんと仕事でご一緒させていただいたときでも「サインを下さい」って言うとか、思いつきもしなかったよ。ぼーぜんとするわ。

コロナが落ち着いたら…という話題をわが家では毎日のようにしています。やりたいこと、いっぱいあるねえ。あっちこっちドライブしたいねえ。美味しいもの食べに、温泉入りに、いきたいねえ！　山形の田舎にも、秋田のお友だちが誘ってくれているじゅんさいのたくさん生えている沼も見にいきたいなあ。フェリーで一気に北海道ってのも楽しいだろうな。なんたって八人乗り。休憩だってゆっくりできるよ。本も浮き輪もフリスビーもテニスのラケットも釣り竿もキャンプ道具もどんどん積みこんで、欲張り大荷物で旅をしたいものだねえ。

行きたいねえ。ドライブ。早く、のんびり旅に出られる日々が戻ってきますように。

## 8 車（澤田康彦）

### いとしきレモンズ

二月と聞けば心は少しゆるむけれど、実は最も寒い月だぞ、油断するなと、毎朝午前六時頃気づき、自らを戒めるのであった。

コロナ禍のせいで平日は息子を車で小学校に送り迎えする展開となった今冬、着替えのあとにするのは外に出て、車の確認。フロントガラスに霜がびしっと凍りついていたら暖気で溶かしておく。この送迎は昨春から。もう少しで一年となる。企まざるして京都の朝、賀茂川まわりの四季の変化を車窓から楽しめることとなった。なんなら息子を落とした帰り道、気が向いたらどこかに駐《と》め、コーヒー片手に草木の緑や、空の青、紅葉や雪景色を見てぼんやりもできる。宝が池、いいよー。

車種は本上さんの報告通りミニヴァンで、息子とランドセルだけを乗せるときの室内のすかすか感は否定できない。息子がリアシートにふんぞりかえってタクシーみたいな間柄になるのは、後ろだとテレビが見られるからだ。

京都の道々ですれ違うおしゃれで軽快なセダンやスポーツカー、クラシックカーを見るたび、「ああ」と思う自分がいる。

先日の朝は、隣に駐車した車がランチア・デルタHFインテグラーレ。八〇年代、バブルの頃に目立ったジウジアーロデザインの角ばったラリーカーだが、目の前のそれはいまもぴかぴか。思わず「カッコいいですね」と降りてきたドライバー氏に言うと、「いやあ三度に一度は故障するんですよ」と困り顔で応えるのであった。「こないだは国道でエンジンがかからなくなって」。おお憧れの、すぐに壊れるイタリア車！「ちょいちょい機嫌が悪くなるんです」とボンネットを「な」という感じでぽんと叩く。いいなあ。そういうときだよ、車に人格が浮かび上がるのは。

私も一度だけ、道路でエンコの経験がある。昔むかし、忘れもしない真夏の東京、環状八号線。渋滞中の片側三車線の真ん中でバッテリーが上がった。風量ハイのエアコンと大音量の音楽が原因だが、心底参った。悪名高き環八渋滞をウルトラ渋滞にまで引き上げる犯人となったのだ。車を降りると炎天下で頭もクラクラ。ああこのまま置いて逃げるか？なんてちらり思った。でも捕まるよなあ。

ああいったトラブルも過ぎてしまえば、懐かしい思い出。あの車は、私が最初に乗ったいすゞのジェミニZZハンドリング・バイ・ロータスだった。ブリティッシュグリーンの四ドアセダン、一六〇〇cc。当時のキャッチコピーは「街の遊撃手」。野球のショートさ。その後もトラブルが続いたのでやむなく手放したのだけれど、いま頃どうしているかな…なんてきゅんと思ったりするあたり、昔の恋人のようだ。

本上さんも言及している『カーズ』シリーズは、すべての車に人格があるという設定。私もとりわけ『2』が好きで、息子と何回見たことか。お気に入りは悪党たち、いわゆるヴィランズってやつで、本作ではレモンズなる面々が実に魅力的なのである。レモンとは「できそこない」を意味する俗語。失敗車。私がミニチュアで入手したレモンたちはおのおのモデルとなった実在の車があり、つまりは時代時代でその妙ちくりんな形、機能を笑われてきた悲しい宿命を背負った存在だ。悪役ザンダップ教授の元となったドイツのツェンダップ・ヤヌスなんて前後ろから乗降できるんだよ。一九五七年製というから同い年の私としては他人事ではない。

レモンズに捕らえられたアメリカの諜報員（フォード・マスタング等がモデル）は彼らを見てこう言う。「私は変装だったが、君らは最初からそんな形か？」

黙りこむレモンたち。かわいそうでしょ？　彼らがその諜報員を即座に抹殺するのも、さらに悪事に手を染めるのも無理からぬことと思うのであります。

ちなみに妻がバラした私のクルーズ・ラミレス。松岡茉優さまにサインをいただいた車は第三作『カーズ／クロスロード』のヒロインである。ボンネットに息子の名前と♡マーク、《学校がんばってね！　松岡茉優》と書いてもらった。この息子の名と《学校》の文字を消せば、私宛のサインとなるなあ…と思案する私もまたヴィランズの仲間である。『チキチキマシン猛レース』のブラック魔王ならこう言うだろう。

「悪いこと思いついたぞ、ケンケン」

手下のケンケンは、「ハヒヒヒヒ」とほくそ笑むだろう。

当然のことだが、車は移動・運搬の道具。家族の形、数によって選ぶ車も変わっていくもの。妻とふたりきりだったちょっと前――と言ってももう二十年も前か――結婚した頃は、私はBMW320iの2ドアクーペ、妻はボクスターSにそれぞれ乗っていたもの。「癒やし系」と呼ばれる本上さんがオープンスポーツカーなんて驚くのだけれど、乗せてもらえばそののろのろ運転ぶりにもっと驚かされた。ポルシェのブーブーなる大きなエンジン音が車からのブーイングのように聞こえたものだ。

結婚した頃、仕事に向かう妻をその車で羽田まで送っていった午前。「ゆっくり走って」とくりかえす彼女を下ろした帰途、幌を上げ「ポルシェはこう運転するのだ」と鼻息荒くすっ飛ばす。BGMは大音量のレッド・ツェッペリン一枚目のアルバムなり。が、ものの五分でねずみ捕りに御用となったのであった。いつも思うのだけれど、あのときの警察官は優しいよね。「カッコいい車ですねえ」とかって褒めてくるのだよ。お世辞言いつつ署名させるのだよ。そしてあとで数万円払わせるのだよ。

そんな日々から歳月が流れて、娘が来て、息子も現れ、必然的に旅行の質、種類も変わり、荷物も二倍、三倍になっていった。だから現在のミニヴァンはそれ以上にない正しい解なのだけれども、それでも別に「マイカー」がほしいなと思う。思うというより「夢見る」が近いかな。

その夢はとても自由で、ショーン・コネリーにとても似合ったアストン・マーティン、『羊たちの沈黙』で主人公のクラリスがこれでぶっとばすというマスタング、『ボーン・コレクター』ヒロインのアメリアはカマロ、『バック・トゥ・ザ・フューチャー』のデロリアン、『卒業』を駆け抜けたアルファロメオ・スパイダー、クリント・イーストウッドの『ピンク・キャデラック』…なんて派手な車を考えたり、『カーズ』のルイジ＝古いフィアット500や、はたまたいにしえのシトロエンCXなど「壊れやすいんですよ」なんて車を考えたり、やっぱりまたジェミニに戻りたいなとか、BMWのあのシュイーンというエンジン音聴きたいなとか、小さい軽のスポーツカーも京都にはいいかもとか。ああでも変な車＝レモンズがいちばんいとしいかなあ。

それぞれ自分に似合う似合わないはさておいちゃって、本当にいろんな姿を夢見るわけだ。端的に言えばそれはまあ単に欲ばりのおっちょこちょいに過ぎない。そしてこれらの夢は、私の人生で夢のままに終わる代表的なものとなるのであろう。

夢ではあろうが、免許証返納の日もそんな遠い未来ではなかろうし、わずかだけど残っている現金で身勝手にばん！　と買ってしまう作戦だってないことはない。

だからいつもどこか焦っていて、行き交う車にタメ息ばかりついている。

## カワクカワク

昨日はどんよりしめった曇天に首をきゅうと縮めていたのに、今朝は東の空が明るい。ストーブの前でコーヒーをすすりながら新聞を読んでいると、あ、窓外の楓《かえで》に、かわいい小鳥がやってきました。あっちこっちへとせわしなく枝を行き来しています。何しているのかな。ちっこくて丸々して、かわいいメジロくんです。しばし観察していると、遠くでネコもおわあおわあ鳴いているのが聞こえます。

「大変大変！」外に出ていた息子が私を誘いにきました。ぐいぐいと腕を引っ張ります。こちらのほうが倍ほどせわしないな。いてて、わかったわかったよと誘われるままついていくと、「見て、もう咲きそうだよ」。植えっぱなしにしているアネモネの鉢から、しゅるしゅると数本の茎が伸びて、その先に赤や紫の蕾《つぼみ》がついているではありませんか。庭を見ればぽさぽさのブルーベリーの枝にもいつの間にかおやまあ、ごま粒のような新芽がちょこちょこくっついている。

昨日とは明らかに違う風が息子の前髪をさらさら揺らしていました。

どうやら、待ちに待っていた新しい季節がやってきたようです。

春が来ると、いつも思いかえすのは、初めてひとり暮らしをした二十三歳のときのこと。その街に決めたのは、駅前に、頼りない私を何かと気に掛けてくれるお姉ちゃん的存在のスタイリストOさんが、まっ黒のネコ「まゆ毛」と暮らしていたからでした。

私の部屋は六畳と四畳半の二間で、さすが東京、って感じの家賃一二万円。仕事しているとはいえまだまだ駆け出し。先々の保証なんて誰もしてくれない職業です。大丈夫かオレ。独り立ちの晴れがましさはありつつも、それ以上に自分でちゃんと払っていけるかが不安で、どきどきしていたものです。

窓を開け放つと、向かいのマンションの屋上アンテナに一羽のカラスがとまっているのが見えて、彼と一瞬、目が合ったような気がしました。このカラスとは後日、洗濯物を巡って一波乱あるのですが、そのときはまだ互いを認識するだけだった。淡い淡いブルーの空が広がって、ああ東京の空って意外ときれいなんだなあと思ったことを覚えています。

ひとり暮らしを始めて、いの一番に買ったのは自転車。持て余す時間はほぼすべて、街をうろうろするのに使っていましたっけ。ふたすじ北に遊歩道があって、桜並木がふわふわ風に吹かれてて、あれを毎日のように見にいった。部屋のなかはすかすかのからっぽで、たったひとりなのだけど、なぜかちっとも寂しくなかったんだよね。ふりかえってみるとあれは恐らく春だったからじゃないだろうか。お日さまが街中を照らし、あちこちに花が咲いているのが心を明るくしてくれていたんだろう。まっさらの白地図に少しずつ色を塗るような感覚で、毎日を過ごしていました。

三軒ほど隣にテイクアウト専門の小さなサンドイッチ屋さんがあって、出来たてのチキンカツサンドを注文するのがたまの楽しみでした。パン粉が細かくてさくさくで、丁寧に刻まれたタマネギやピクルスが入った自家製タルタルソースも美味しくて。まっしろの紙箱に入ったサンドを手渡されると、ほんのり温かく、幸せな気持ちになったものです。特別言葉を交わすわけではないのですが、店主の誠実な人柄がうかがえるようなサンドイッチで、このお店はひとり暮らし初心者の私の心の支えでした。

さてそして、くだんのカラスですが、彼はしょっちゅう同じアンテナにとまっているので「あ、今日もいるな」「いたいた」と毎日のように確認するような対象になり、いつしか一方的に親しみを感じるようにもなっていました。

ある日の朝、空は重ための曇り空で、洗濯物を外に干して出かけようか室内に干しておこうか迷っていたとき、「カワクカワク」と急にカラスが鳴いたのです。ほんとかなあ。「カワクカワク」。また！　首をかしげてちらっとこっちを見るような素振りもしている。え、もしや天気を教えてくれようとしている？　そんな親切な鳥は初めてです。なんか、嬉しい！　カラスからのアドバイスと受け取った私は、じゃあせっかくだし外に干していこう。ベランダにずらっと干して、家をあとにしました。

その後。ぽつぽつ、ざー。ぎゃっ！

大急ぎで取りこみに戻ると、カラスは、いつもの場所からいなくなっていました。むむむ、やられたやられた、口惜しや、です。どちらかというと慎重派の私ですが、さらに気をつけて生活するようになったのはこの経験をしてから。東京はこわい。

そんなこんなのひとり暮らしは四年で終了となりました。いまは夫と子どもたちとの四人でどたばたの日々ですが、うちの母、それから夫の母もそれぞれひとり暮らしをしているため、そののんびりとしたようすを見ていると、ときどき、ああまたいつか私も、という気持ちがむくむくと湧いてくるのです。もちろんいま無理なのは承知ですが、仮に始めたとしたらどんな生活になるのかなと妄想をするのがひそかな楽しみ。

木のうろみたいな、小動物のねぐらのようなちっちゃな寝室。それから、日当たりの良い部屋ひとつ。部屋のすみっこにはぜひとも《木の砂場》を置こう。これについて説明しておきますと、ピンポン球大のすべすべの木の球がぎっしり詰まった遊具で、私は北海道西興部村《にしおこっぺ》にある〈木夢《こむ》〉という木の遊具がたくさんある施設で初めて見ました。ここの巨大な木の砂場は壮観ですよ。子どもたちは夢中になって遊んでいたのですが、私もなかに入ってびっくり。ころころという優しい音と、森林浴しているような香り、滑らかな手触りと確かな重み。何もかもがしっくりと気持ち良いのです。そして何気なく横たわって衝撃を受けました。身体のツボというツボに木の球が当たり、得も言われぬ快感。たまたまでしょうが、お客さんがほとんどいなかったのを良いことに、誰にもじゃまにならない場所で私はただひたすら横になっていました。底なし沼に取りこまれたように抜け出せなくなっちゃった。なーんにもする気がなくなるんですよね。近くでは夫も行き倒れになっていました。

子どもたちに気兼ねせず、横たわって気絶していたい。だらしない姿を人さまの目に触れないようにするためにも自分専用のが欲しくてたまらないのです。一応作っている会社のホームページでも確認したのですが、とてもほいほいと買える価格ではありませんでした。夢のまた夢だなあ、そしてもしいつか家に導入する日が来たとしたら、その日から私はなんにもしない人になってしまうにちがいない。そう考えるとある意味おそろしい遊具であります。買える値段でなくて良かったのかもしれない。

窓の外にはちっちゃい畑。ツリーハウスとブランコも欲しいなあ。あと太陽熱を利用してお湯を沸かしてお風呂に入るとか。海の近くだったら釣った魚を夕ごはんのおかずにして、とか。

想像するだけでわくわくしてきました。大きいのが釣れたら子どもに写真を撮って自慢しよう。あ、こんな生活していたらおもしろがって一緒に住むって言うかなあ。

春って、のんきなアイデアがいっぱい生まれてきますね。

## 9　ひとり暮らし（澤田康彦）

### とことん自由だった

　ひとり暮らしについて思いを巡らすと、いちばんに蘇るのは、十八歳の頃、滋賀県の実家から出たくて出たくて、出たくてたまらなかった、あの気分だ。

　冬のどんよりとした空、厳寒の土地。太陽が照りつけ、風の吹かない盆地の暑い夏。アブラハヤが群れる川。「やんけ」「してはる」「あんない（＝まずい）」「おきばりやす」……ねっとりした田舎の関西弁が飛び交う風土。本屋は駅前に一軒、レコード屋も一軒、映画館はピンク専門が一館。ビートルズを知り、プログレにはまり、フランソワ・トリュフォーを知り、ジャクリーン・ビセットに憧れ、『宝島』『話の特集』『スクリーン』を愛読していた青年は、毎日ただただ「はぁー」と深いため息をついていた。

　行きたい行きたい行きたい。気持ちがつのりつのって、高三秋、文化祭後から遅ればせの受験勉強開始。私の人生でいちばん真面目に勉強した時期だ。そうしたら東京の第一志望の私大の仏語科に奇跡的に受かった。七六年春、晴れてひとり暮らし開始。最初の住まいは中野坂上の木造アパートだった。ちなみにこの前年、本上さんが生まれていて、本上一家三人もまた近くの東中野で生活を始めている。ひょっとしたら駅前かどこかですれ違っていたかもしれぬ。十八歳と〇歳。そう私らは十八歳差なのだ。

わが新居は、階下に大家が暮らす二階の1DK、風呂なし。引っ越しには勉強机と椅子、ステレオ、本やレコードを運びこんだ。持ち物は少なかった。まだ十八歳だものね。本が二箱、レコードは数枚、洋服も靴もほとんどない。ついでながら体重も体脂肪も少ない。いまより一五キロ痩せていたな。

入学時には母も来た。過保護の母はすぐに炊飯器、調理道具、食器などを買いこんだ。が、息子はそれらを使うことはなかった。米もたびたび送ってくれたが、外食生活でいっこうに減ることなく、そのうち虫がわいた。成虫にもなった。私は甘やかされて育てられた、だめだめで身勝手な次男坊であった。いま思えば、いきなり東京の私大でひとり暮らしなんて、決して裕福でもない両親がそれを許し、よくもまあ仕送りをし続けてくれたものだ。しかも六年も。そう、この次男坊は二年も留年したのだ。

とことん自由だった。映画館、劇場、大書店が、おいでおいでをしていた。不自由なのは次々と難題をふっかけてくる授業や宿題だったが、すぐによい手を思いついた。行かなければいいのだ。お手本はいっぱいいた。太宰治、北杜夫、野坂昭如《あきゆき》、五木寛之、井上ひさし（学科の大先輩）…なぜか学校にあまり行かない、退学や中退をする作家に惹かれた。留年することになったのは、半分は彼らのせいであろう。

太宰の小説『逆行』のなかの一編「盗賊」を思い出す。書き出しはこうだ。

ことし落第ときまった。それでも試験は受けるのである。甲斐ない努力の美しさ。われはその美に心をひかれた。今朝こそわれは早く起き……

カッコいいなあ。主人公はフランス語の試験を受けるのだ。

われはフランス語を知らぬ。どのような問題が出ても、フロオベエルはお坊ちゃんである、と書くつもりでいた。

青年（私）はひたすら憧れた。『逆行』にはサエない主人公が次々登場するが、サエないカッコよさがあった。それが無頼《ぶらい》派。私の場合はただサエないだけなのであった。

マルイで洋服を買うことを覚えた。高価なDCブランドを一〇回に分けて購入。赤いカードのこのデパートは三万円のシャツをひとまず三〇〇〇円で譲ってくれる太っ腹なのだが、学生との契約時にはその場で実家に電話確認をするという関門があった。電話の向こうの近江の母は心配そうに「またニチイかいな」と言った。「ニチイちゃうし。マルイやし」「月賦《げっぷ》はあかんで」「月賦ちゃうし、クレジットやし」

東京の夏は、ふるさとほど暑くなく、冬でも明るく雪は降らなかった。めったに帰郷しなかった。授業には出ないくせに部活は映画研究会に入り活動に励んだ。酒を覚え、夜はいつまでも起き、朝はひたすら眠り、本を読み、レコードを買い漁り、ラジオを聴き、落語に溺れ、映画館に通い、パンフレットを買い集めた。バイトは家庭教師や、雀荘《じゃんそう》のボーイ。収入はほぼ全部本、映画、レコードに消えた。背伸びして友人と行ったパブではウイスキーのボトルキープをした。

ひとり暮らしは確かに気ままだった。しかしこれは私の生来の「だめだめ」を目覚めさせたのだった。家族といた日々は少なくとも大変規則正しく、社会のルール、世間体も守り、太陽と共に暮らしていたのだ。

同じく太陽と仲のよくない仲間がいて、早稲田に下宿する保育園からの幼なじみ、浪人中のシロキくん（「山」の巻にも登場）。私らは互いの部屋を行き来した。

彼もまただめだめ次男坊だった。書棚には坂口安吾の全集を揃えていたりして、無頼派を気取っていた。私が「生まれてすみません」と言うと、友は「生きよ堕《お》ちよ」と応え、ふたりでパックマンやインベーダーゲームをはしごしていた。マジな意味で、生まれて堕ちてすみません状態であった。「あかんようになったらブラジルに移住するねん」がシロキの口癖だった。判で押したように「明日からがんばる」と言った。よーしと言いながら、ガムテープで小さなラグビーボールをちまちま器用にこしらえ、油性ペンで丁寧に《GUTS》と書き、またどこかへ遊びにいくのだった。

中野坂上から西新宿のマンションに引っ越したのは大学五年生のときだ。中野武蔵野館で映画を見た帰り、ショッピングモールを歩いていたらペットショップで子猫と目が合った。茶トラであった。茶トラと言えば、見たばかりの映画『ロング・グッドバイ』で探偵フィリップ・マーロウが飼っていたではないか。原作者レイモンド・チャンドラーが猫好きだったため、ロバート・アルトマン監督はそんな設定にしたのだという。カッコいい映画だった。猫を飼う探偵なんて！　マーロウは切らした猫缶を買いに、やれやれと外に出て、深夜のＬＡを車で走る。壁や家具でところかまわずロウマッチを擦ってタバコに火をつける。そんな仕草すべてに憧れていた私は「この猫を飼おう！」と決めた。一万円だった（安い…）。ロウマッチも探して買った。おっちょこちょいの東洋級チャンピオンであった。

茶トラは「ハジメ」という名にした。『天才バカボン』の天才の弟の名前。その日から映画のマーロウと同じようにひとり暮らしではなくなった。気持ちはハードボイルドだったが、どこからどう見ても、単にちび猫を飼う頼りない大学生だった。

ハジメとは十三年過ごして長いお別れとなった。けれどその後はずっと夢に出てきた。日を追うにつれ関西弁で言葉を話すようになった。私の兄が仕事に失敗したときには、「兄弟でタコ焼き屋をやったらええねん」とアドバイスしてくれた。

こんなふうにいつも一緒にい続けてくれたが、私に子どもができたとき、急に現れなくなった。なんか気をつかっているのかもしれないな、と寂しく思う。

## 10 もうだめだ（本上まなみ）

### 絶対何か起こる

ここ一週間でみるみるうちに庭にある楓の若葉が広がりはじめました。透けそうなくらいに薄い淡いグリーン。葉の先がちょんちょんちょんと紅に染まっているようすは、なんてかわいらしいんだろうか。

先日は仕事で、京都にある小倉山《おぐらやま》展望台まで行きましたが、春霞《はるがすみ》にけぶる山々のところどころが桜色、谷底には光放つ保津《ほづ》峡《きょう》、鶯《うぐいす》がケキョケキョ、ホーホケキョ、と右手からも左手からも鳴く。仙境、桃源郷とはここのことかしらと思ったものです。

仕事柄こういった絶好の場所へ撮影に連れていってもらえるのは、散策、見聞を広めるのが大好きな私にとって大きな喜び、この仕事をしていて良かったなあと思う瞬間ですが、ときには自力では行けないような珍しい、ハードな場所へ誘われることもあります。好奇心旺盛なもので、お声掛けいただくと「わあ、それはぜひ自分の目で見てみたい！」といつも思います。でもね、行くと絶対「何か起こる」のだ。好奇心はネコを殺す。今回のテーマ「もうだめだ」について考えを巡らすと、思いつくのは旅の数々。海外での出来事が多いです。

西アフリカのマリ、ニジェール川の川上りキャンプ。テレビの取材です。三時間四時間代わり映えのしない水辺の景色にぼーっとしていたとき、遠く離れた水面にちょこんと何かの鼻の穴らしきものが。わわわ！　あれはカバでは？　カバだよカバだ。私もスタッフも大興奮。これぞ本物のジャングルクルーズ。ディレクターが船頭さんに「カバがいるんで、もっと寄って」とお願いする。するとこの地元の船頭さんはびっくり、大慌てでエンジン全開、逆にカバからどんどん離れていきました。みんなの顔に「え？」が浮かぶ。船頭さんが言うには、カバは地球上で最も恐ろしい猛獣、「あれに近づくのは自殺行為だ」。静かに潜って船底から体当たりを仕掛けてくるそうで、やられたらこんな小舟なんて真っぷたつになるんだ、って真顔で言うのです。「いまも下から来るかもしれないよ」と。それから先の私は急にしおしおびくびくの旅人と化したのでした。カバののんきなイメージは完全にこちらの勘違いだったのか。

何度か経験して思うことですが、大河や大揺れする海の上、ちっぽけなボートに乗ったときの自分のなんという小さくて頼りない、そして深い水の恐ろしいことよ。

一週間ホームステイして家族と触れあう番組もあった。私の滞在先は南インドの片田舎。インド料理の大好きな私は、お母さんに家庭料理を教わりながら大家族と楽しい日々を過ごしました。夜中でも気温四〇度を下回ることがない、熱波のインド。ステイ中は生水による体調不良を恐れて、スタッフの方に唯一のお願いとしてミネラルウォーターを所望。

毎日ペットボトルのお水をありがたくいただいていましたが、若干気になっていたのがそのボトルの佇まいで、ちょっぴりくすんだ色味で傷もついていたのであります。輸送のときについたのかな、なんて軽く思っていたのですが、ロケも終わりが近づくあるとき、おうちの人が庭の井戸からペットボトルに水を汲んでいる姿を目撃してしまったのである。

お父さんにおそるおそる訊くと、「大丈夫、うちの井戸水はきれいだ」と胸を張る。ほらのぞいてごらん、魚がいるでしょ。毒が入ってない証拠だよ。確かに魚たちがすいー。ひえー。元々胃腸の強くない私は残りの日々をどれほどびくびく過ごしたことか。気を張っていたせいか、お腹を壊すことはなく無事帰国しましたが、帰国するなりひどい腹痛、下痢にやられたものでした。後年夫にその話をしたら、部屋の金魚の水槽を指さし「その水飲んでたってことか」。私はまた気持ち悪くなりました。

コルシカ島。「貴重な熟成チーズです」と目の前にどんと置かれたのは大きな青いバケツ。のぞくと、チーズというより柔らかめのぬか床のような固まり。一気にものすごい臭いが立ち上ってきて、いやこれはなかなか…と思っていると、現地の方の解説が始まる。「これはなかにウジ虫がいっぱいいて、それが熟成を推し進めるのです」と。「さあさあ本上さん」。カメラが回っている前で私は仕方なく口に。……んがっ！

メキシコ・ユカタン半島のマヤ遺跡。山賊がよく出るという山道を夜間走ったことも「もうだめだ」のひとつですが、それを超える恐ろしい体験はピラミッドの登頂でした。

正確に言えば、ピラミッドの形をした神殿。高度な文明で、文字はもとより豊かな天文知識を持ち、暦を用いて暮らしていたと言われるマヤ人たち。広大な原生林の間に点在する建造物の数々も不思議かつ異様な存在感があり、まずその迫力に圧倒されました。想像を超えるボリューム。近くに比較できる人工物もないため、脳がきちんと認識できなくてパニックになる。遠近感、空間把握に狂いが生じるのです。

近くに寄ればもっとすごい。巨大神殿は視界に入る範囲全部が階段。ただただ大きな石の階段。というか、もはや壁だ。「外国の妖怪ぬりかべみたいですよね」とか言いたくなりますが、そんな軽口を言える雰囲気ではありません。祈りをささげる、神聖なる場所なのです。「どの場所からでもかかってこい」って無言の圧がありました。旧《ふる》びていても厳かで、すっかり観光地となった現代においても、あと付けの手すりなどもあろうはずもなく、レポーターの私は下から見上げて「こ、この勾配は」と大きくひるんだのです。が、遠路はるばるやってきたのにテレビカメラの前で怖じ気づいて「私、登れません」なんてわけにはいかない。必死で登攀しはじめましたよ。

一段が異常に高い。足がかりのところが異常に狭い。足場が石ででこぼこ、平たさがない。妙につるつるしています。梯子《はしご》に近い感覚か。でも梯子には手すりも滑り止めもあるじゃないですか。両手両脚ついてへっぴり腰でひたすら上を目指す私は、岩山に取りつき登る小さな生き物だ。私は決して小柄ではないけれど、この急勾配は明らかに人の間尺に合っていない。ほんとに人間の造ったものかな、と疑ってしまいます。やっぱりこれは宇宙人が？　ただただ無心、フウフウ一歩一歩空を目指すのみ。

時間の感覚も無くなった頃、急にすぱっと視界が開けました。頂上到着。よいしょと腰を伸ばして立ち上がると、乾いた風が汗ばんだ背中とシャツの間を吹き抜けた。はあ爽快〜。ふりかえれば素晴らしい眺め。茶色の大地、地面を覆う緑の木々、その間にぽつぽつと顔を出す遺跡たち、空に手が届きそう。広い広ーーい空。

案内人が、石段の狭い理由を頂上で説明してくれました。「神への捧げものを下に落とすとき、段の途中で止まらないよう落ちやすくする造りになっている」。つまり儀式を滞りなく行うための構造だという。そりゃ滑りやすいわけだ。しかも捧げものって生け贄《にえ》、人体ではありませんか。もしもつるっと滑ったら、その時点で終わりってこと。そんなつもりがなくても捧げものになっちゃうってことです。あわわわわ。

登るのは上を見るだけなのでまだいい。けれども下に降りるときの恐怖ときたら。登りの一〇〇倍以上でしたよ。ひとつでもつるんと踏み外したらアウト。あんなに手足に吸盤が欲しかったことはありません。気力も何もかも使い果たして最後はぱっさぱさの抜け殻みたいになっちゃった。おしりから膝にかけてがくがくで、しばらくおかしな歩行をしていましたっけ。いま思い出しても血の気が引いていくほど。一生忘れられない「もうだめだ」の体験でありました。

# 10　もうだめだ（澤田康彦）

## 襲いかかってきたもの

もうだめだという瞬間は、何十年も生きていると、大なり小なりいくつもあって、よくもまあ生きながらえてきたもんだ。とはいえ、基本は臆病・慎重な性分なので、「死ぬかも経験」は「山」の巻で書いた若い頃の槍~穂高縦走くらいのものだ。

本上さんのエピソードは、世界各地での華麗な「もうだめだ」だね。海外は確かに想像もつかぬ何体もの魔物が口を開けて人を待つ。

私の数少ない海外での「もうだめだ」はニュージーランド。雑誌のフライフィッシング特集のロケ、釣りの師匠の小野訓《さとし》氏、写真家の小林廉宜《やすのぶ》氏との仲よし三人組で北島に数日間滞在した。森また森、牧場また牧場。羊また羊。人口密度は低いが、ニジマス密度は濃い土地。ここを連日車で右往左往した。牧場の鹿たちが羊以上に臆病で、師匠がそんな彼らを「わあ！」と釣り竿片手に大声で脅かし、逃げ惑う群れを見て「人間がみんなこんなだったらぼくは王様になれるんだけどなー」なんてうそぶき笑いあった…あたりまではよかったのだが、その帰り道バチが当たり、道に迷ったのだ。

帰るべき宿はふたつみっつの山の向こう。昼間は単純で分かりやすい道路も、夜はもう真っ暗。街灯ゼロ、標識ゼロ、行き交う車もゼロ。この世にこんな暗闇がまだあったのかというほどの暗黒夜。そして、ガソリンが残りわずか。山が冷気に包まれ出す。

ナビのない時代、地図も持たず、「ぼくは勘がいいんで」という写真家の言葉を信用したのが敗因。運転するのは私。後部席のふたりが口々に「あ、そこ右です」「そのあとまっすぐ」「左です！」。分からなくてもはっきりした物言いをする男たちであった。

わっ、行く手に目が光る。「オポッサムです」と師匠。「タヌキみたいなやつ。毛バリのいい素材になるんだよ」「あ、そこたぶん右です」と小林。たぶん？　いぶかしみつつも反論のすべもなく、走れば道はどんどん真っ直ぐ山のなかへ。林でさらに大きな目が光る。わあ！「鹿だな」と小林。鹿の目って怖いものだ。さっきは師匠が脅かして申し訳なかったです。本物の暗闇坂を走り続ければ三叉路《さんさろ》に出た。こんなとこ見たことないな、ねえここはどっちに？　と振りむけば、ふたりとも寝ている!!　ぞっとした。寝不足の日々、無理もないのだけれど、ここで寝たら帰れないぞ。ガソリンはついに「もうなくなりますランプ」が点灯。スタンドなどない。ＪＡＦなどない。仮にあったとしても携帯電話なんてない。あってもどこにかけたらよいかわからない。歩くったってどっちへ？　懐中電灯もないぞ。お腹が鳴り、寒さが忍び寄り…もうだめだ。

こらぁっ起きろ！　のんきなふたりを叩き起こした。そのあとぎりぎりのガソリンでどうやって森のなかの宿に帰着できたのか、いまでも奇跡としか思えない。宿のごついおかみさんは常に早く片づけて眠りたい人で、連日私らは睨《にら》まれていたのだが、この夜はここぞとドヤされるというおまけもついた。私らは怒られながら羊のシチューを啜った。

翌朝、小野師匠が「あんなの大したことないです」とうそぶいた。「死ぬわけじゃない。釣りをしてるとしょっちゅうある」

たとえば、と師匠。ニュージーランドの川べりは基本私有地で、釣りでも勝手に岸に上がったら不法侵入になる。前に来たときそれを知らずに誰かの所有地の庭を横切ることになり、そしたらその家の主人が手にライフルを提げて飛び出してきた。広い庭を逃げたら四駆のベンツで追ってきた。撃たれても文句は言えないらしい。実は一昨日の釣行で歩いた野原も危なかったんだよ、といま頃語る。うひゃあ。

師匠は以前東北の山中でスコールに出遭った。それでも仲間とがつがつ釣りを続けていたら、突然どーんと鉄砲水が襲ってきた。釣り竿を放り出し、みんなで逃げた先は中腹の木々。それぞれ一本ずつ登って太い幹に抱きつき一晩過ごしたという。真っ暗い夜に「おーい、生きてるかあ?」と朝まで無事を確かめあったとのこと。そういえば釣り人はよく死ぬものなあ。海でも川でも嵐のさなかになんで行くんだ? と人は思うけれど、そういうのが釣り人なのだ。レーサーやアルピニストのようなものだね。

「もうだめだ」は命に関わるものとは限らない。まったく別種の「だめ」もある。

十年以上前のことだが、作家の林真理子さんが毎春主催する桃見ツアーに私ら夫婦も招待していただいた。各出版社が回り持ちで幹事を引き受け、大型バスをチャーター、林さんの故郷・山梨の桃源郷に押しかける旅。当時私はマガジンハウス書籍部の編集長であった。代々木公園の待ち合わせ場所には大勢の同業者がいる。○○社、○○館、○○書店…知っている人、初対面の人。日頃はライバル出版社の編集者たちが歓談する。すごいなあ林さん、と大いに感服しつつバスに乗りこむ。缶ビールを手渡され一気飲み、ぽかぽか上天気、春の朝に飲むビールは新鮮。おかわり。バスは出発、林さんの挨拶に続き、修学旅行のようにマイクが回され自己紹介。新潮社のナカセさんはさすがに話が上手い。わがマガジンハウスの有名人、テツオはぶっきらぼうなかに気のきいた挨拶してカッコいいな。よーし私も面白いこと言うぞーと張り切るも、すべる。悲喜こもごもでバスは中央自動車道＝中央フリーウェイを順調に進んでゆく…はずが、大渋滞に巻きこまれたのであった。

高井戸から調布を越え、府中あたりで私に襲いかかってきたもの。それは尿意。うわあ調子に乗ってバカみたいに二本も飲んだ缶ビールが敗因だ。朝もコーヒーたっぷり飲んだし。これはまずい、まずいですよ。次のパーキングは談合坂、まだ四〇キロほど先だ。下腹部にプレッシャーが押し寄せる。

やばい。もしも、もしもここで粗相をしたら？　大勢の編集者環視のなかで漏らしたら？　わ、ここには週刊文春がいるぞ、新潮もいるぞ、フライデーはいたっけ？　林真理子さんもいるぞ。隣には本上がいるぞ。恥をかかせるわけにもいかないぞ。どんな形であれ面白い記事になっちゃうぞ。各社全誌に出ちゃうぞ。「出ちゃった」ことが出ちゃうぞ。「マガジンハウスの編集長、漏らす」の見出しが躍る。

　そのとき気づく。ここは、世界でいちばん漏らしてはいけない空間なのだと。尿意というやつは考え出したらさらに高まるものであることを誰もがご存知であろう。恐怖に襲われた私。精神統一。心頭滅却すれば火もまた涼し。悪霊退散。滅私奉公…おかしげな私に「ん、どうした？」と勘のいい妻。いやなんでもない、酔った、眠いとか意味なきウソを言う。日野。八王子。相模湖。ええい、なんでこんなに遅い。そうだ、いざとなったら目の前の空き缶二本にしちゃうか？　ああこんな真ん中の座席に座るんじゃなかった。のろのろバス、流れる油汗…限界だ。「もうだめだ」

　粗相をせずにすんだのは、これまた奇跡であった。バスはついに談合坂サービスエリアに入り、停車。ドアが開くと、他の編集者たちが飛び降りて、どっとトイレに走った。なんだあ、みんなそうだったのかあ！　その焦る後ろ姿を見たら尿意がちょっと引いた。そんなもんだ。

　追記。以上の本稿を、担当さんに送る前に本上さんに読ませたら、「シモネタで終わるのか」とつっこまれた。

11　ひま（本上まなみ）

## 自粛の日々に

時間だけがたっぷりある毎日であります。

夫が「最近さ、メールがあんまり来ないんだよ」と、ぼそぼそ言い出しました。「なんか、ものを売りたいとこからばかり連絡来るんだよね」「みんなどうしてるんだろうなあ。元気？　とか、会いにもいけないし、つまんないよね」

ははあ寂しいんだな、と思って「大丈夫だよ。きっとみんなもそんなにメールとかしていないんだよ。私なんか前から滅多にメールとか来ないよ」と励ますつもりで言ってみたものの、言った途端にあれ？　つまりオレたちどっちも人気ないってことか、と気がつく。そう言えば私のところには毎日のように「カラスよけネット《ゴミ出し番長》買ってね」ってメールばかりが来るのです。

コロナは厄介。行きたいとこはたくさんあるのに、会いにいきたい人もたくさんいるのになあ。先の見通しが立たないこの生活にもさすがにちょい疲れ気味。

私は気を取り直して、ひとまずジャムを煮ることにしました。

なぜジャムを煮るのか。それは、果物の甘い香りと、くつくつと煮込まれる音に包まれると、それだけでわかりやすく幸せな気分になれるから。気持ちが鬱々《うつうつ》としがちなコロナ禍中においてすごくいい気分転換になっているのです。

今回はイチゴジャム。買い出しの日にちょうどお値打ち価格の小粒イチゴを見つけました。小粒のはイチゴミルクにするのも良いが、ジャムにも最適。たった一パックだけど、やっぱり出来たてが美味しいからね。きれいに洗ってヘタをナイフで落とし、水気をふいてイチゴの重さの四〇パーセントのグラニュー糖をまぶし、一晩冷蔵庫へ。翌日火にかけ、ぷくぷく沸いてきたら焦げつかないようにつきっきりで煮詰める。へらで混ぜているとイチゴの香りが台所じゅうに広がって、うっとりです。果物の香りが心身の疲れとか緊張を解いてくれるのです。

毎日の料理のように「しなくちゃならない」ものとはまったく違うというのも大きいのではないかな。ただ自分が楽しむためにジャムを煮るのです。グラニュー糖と、そのときどきで何か手に入りやすい果物があればジャムはできる。砂糖の量も、秤《はかり》がなかったらだいたいの目分量で大丈夫だし、果物もたとえば熟していないグリーンのキウイとか、顔がぎゅっと縮まるくらい酸っぱい夏みかんとかも美味しいんですよね。

家の片づけも始めました。

なんでもかんでも入れている階段脇の納戸の扉を開けてみる。まず目についたのは花火。昨年の残り物です。湿気ていないかな。フリスビーやボールなど、外遊びのおもちゃを置いている場所へ移すと、目ざとく見つけた小三の息子が「さっそくやろうやろう」と袋を開け、べりべりと台紙から花火を引きはがしはじめました。ねえ、火がつくかどうか、今晩三本だけ実験してみようよ。ちょ、ちょっと待て待て慎重に、折らないで！　あっ。

引き出しから古い種も出てきました。春菊、ミックスレタス、そば、コリアンダー。発芽、育苗用に良さそうだと取っておいたプラスチックトレー、発泡スチロールの箱と一緒に庭へ運ぶ。底に穴を開けて土を入れ、種をぱらぱら。古いから発芽しにくいかな、多めに蒔《ま》いてみることにしよう。

大量のコード類も出てきました。紙袋ひとつ分。よくもまあこんなに溜めたなあ、何用かわからずひとまず保管していたものもありますが、ここから再登板するコードはまずずっとなかったので、まとめて特殊なゴミの日に近所の広場に持っていくことに。特殊ゴミといえば電池が溜まっていたな。蛍光灯と古着もだ。ごそごそごそ、とそれらを集めて回ります。うちはあちこちにそんなコーナーがある。

娘が「パジャマにしてたズボンが小さくなってる」と報告にきました。目の前で広げられた短パンを見てみると確かに、え、君これ昨年穿いてたっけ？　と言いたくなるくらいのミニサイズです。息子のほうも服がパツパツで、へえ〜。ひとまず娘のものを息子に、私のものをいくつか娘に。足りないものはリストアップしてまとめて買おう。衣類が小さくなるというのは育った証拠。なんだか羨ましいな。

他に最近始めたことはというと、朝の『みんなの体操』の視聴。六時半にテレビがつくと同時にむくりと起き上がり、布団の真横でそのままやっています。テレビのなかの人たちの爽やかで、溌剌《はつらつ》とした身のこなしが眩《まぶ》しい。こちらはというとまだ目も半分しか開いていないし、よれたTシャツに、ふくらはぎまでまくれ上がり膝下でとまっているスウェット姿。朝起きると必ず脛出し状態のニッカボッカみたいな形になってるんだけど、あれはどうしてなんでしょうね。うちの娘もまったく同じ状態になって布団から這い出てくるので、遺伝なのか？　半目も同じだし。

ところで、種蒔きのほうはというと、数日後ものすごい勢いで発芽しはじめました。古くてもちゃんと生きてた。やったやった！　スーパーにあるカイワレ大根のようにみっしり密になってきたため移植しましたが、ぽよぽよと頼りないながらも順調に葉の数を増やし、ただいまかわいい盛りを迎えています。はー、見ているだけで和むね。おかげで庭に出るのが楽しくなって、前からやらなきゃと思っていた鉢の植え替えにも取りかかりました。さあ新芽のみんな、新居はどうだい？　根っこが落ち着いたら肥料も少し入れてあげるからね。

夕方は相変わらず賀茂川へ繰り出します。最近わが家でハマっているのは、ラクロス。といってもこれは投げたボールを雑魚すくいの網でキャッチするもので、以前ラクロスの練習をしている学生さんたちを賀茂川で見たのをきっかけに始めた遊びです。わが家のにせラクロスはださくて格好悪いねと認めあいつつ、キャッチした瞬間、網を持った手首を少しひねるという動きをつけると上手く見えることがわかり、しかもボールがバウンドするのも抑えられるので有効であることが証明されました。

毎回賀茂川に着くとしばらくこのにせラクロスで盛り上がり（夫以外）、そのあと本来の目的の雑魚すくいをするという流れになっています。昨年はでたらめな動きをする「おかあさん体操」が流行っていたのですが、今年のブームはラクロス。空中で雑魚網を振り回している変な親子がいたら、それはまず間違いなくわが家でしょう。ご通行の迷惑にはならないようにしますので、もし見かけたら笑ってやってください。

もうひとつハマっているのは息子が学校の先生から教えてもらったアプリ。スマホをかざすと、カメラで捉えた植物の名前がわかるもの。もうひとつは生き物の名前がわかるというものです。こんなのあるんだ、と私も夫もびっくり。

息子がさっそく私にスマホを向けて、「…ホモサピエンス」とつぶやきました。

# 11　ひま（澤田康彦）

## 非生産的存在の美しさよ

「ひまじゃのー」

憧れの言葉である。わが人生において記憶のある限り発したことはない。なぜならば私はひまではないからだ。忙しいのだ。忙しくないときはなかった。物心ついてからずっと忙しかった。だからひまに憧れる。ないものねだり。

依頼のメールなどで「お忙しいところすみません」「ご多用中恐縮ですが」と相手は根拠なく決めつけてくるものだが、当たり。実際忙しいので「うむ」とおもむろにうなずく。出版社勤めを辞め、京都に戻ってきて、そのあと一年間続いた京都新聞連載も終わったというのに、いまだに忙しいな。昔なら既に定年の歳なのに。

近年愛用愛読している『てにをは辞典』（三省堂）で「ひま」の項目を覗いてみた。いろんな例文がある。


若葉にはまだ少しひまがある。ひまを与える。ひまを頂戴する。ひまを盗む。ひまをむさぼる。ひまを持て余す。ひまを見てはせっせと釣りに行く。手間とひまをかける。ひまなご身分。ひまさえあれば絵を描いている。他人の恋にかかわっているひまはない。息つくひまなく第二撃を加える。涙に袖のかわくひまもない。嘘のようにひまになる。ひまでひまでどうしようもない。

なんだか素敵だ。列挙しただけだけど、詩のようだ。桃源郷だ。

小三の息子が学校から帰る。着くなりランドセルを放り出し、ガリガリ君を口にくわえ、テレビをつけ、片手にゲーム、片手に『ドラえもん』。宿題もたんまりあるらしく、「あーいそがしい」とこぼす。忙しがっている。分かる。父もそんなだったぞー。息子は「つかれたー」とも。分かる分かる。父もいつもいまも疲れているぞー。

忙しい小学生だった。毎日出る宿題に追われていた。復習もすれば予習もした。テスト勉強もした。満点でないと気に入らなかった。毎日日記を書いた。遊びにも手を抜かなかった。漫画も小説も読んだ。付録の組み立ても即日で全部作った。懸賞にも応募した。学習雑誌『科学』の付録で実験し、『学習』の付録で学習した。テレビのアニメも特撮も人形劇も全部見た。再放送まで見た。夜中のテストパターンまで見た。やっとたどり着いた夏休みも休みではなかった。朝からラジオ体操、皆出席。宿題に廃品回収に子ども会に虫採りに魚つかみに水まきに水泳練習に地蔵盆に盆踊りに花火大会に怪獣映画鑑賞にヘチマの観察に…と追われるうちにすぐ秋が巡りきて、そうしたら運動会と文化祭と修学旅行。

春夏秋冬を六回くりかえしたあとには中学生、やがて高校生、受験で苦しんで大学生、卒業に苦しんで、就職に苦しんで…。

長き学生時代もさることながら、出版社に就職してさらなる多忙を極めた。編集者として毎号の雑誌を作るだけでもけっこうな労働なのに、三十代四十代と何に憑《つ》かれていたんだろう？ 本業以外にも、自分の本を出し、ワイン会にプロレス観戦会、あまつさえ映画を製作したり、フライフィッシングツアーに、短歌会…なんでも主催していたもんだ。二晩くらいの徹夜は平気だった。酒をたんまり飲んだあと、また会社に帰って朝まで仕事していた。飲んだほうがよい原稿が書けた若い頃。

休みの旅行といえど、たとえばリゾート地へ向かうも、現地に着くなり、釣りだシュノーケリングだパラグライダーだ市場歩きだ星つきレストランだ酒だ買い物だセールだお土産だ祭りを見にいくのだビンゴだ記念撮影だあ！ と動き続けて、へとへとになっていた。南の島もまた忙しい場所だった。残された過去のアルバム、未整理の大量の写真は忙しさの証。

一方で、旅先には「いいなあ」と感じさせる地元の男たちがたくさんいた。街の舗道でも田舎道でも。椅子やベンチにただ腰掛けているのだ。食べたり飲んだり喋ったりタバコ吸ったり笑ったりしながら、こっちを見る。にかっと微笑みかける。何をしているのかというと、何もしていない。帰り道、同地点を通りかかると、まだいる。同じ姿勢で同じ仲間と。こっちを見てにかっと微笑む。全身から「ひまじゃのー」が溢れ出ている。

こういう男たち――なぜか男が多いのだが――は、南の島だけではなく、アジアにもアメリカにもヨーロッパにもいた。あちこちで見た。ときおり赤子を抱えた女房らしき人が背後で怒っているのを見たものだが、動じるようすもなく、タバコに火をつける。ああこのカッコよさよ。非生産的であるが故の存在の美しさよ。

「いいなあ」と私は憧れる者である。だが自分の性格ではこうはなれそうにない。そもそも「非生産的」と書く時点でだめだ。私はこの時間に耐えられないだろうと予測する。数秒で本やスマホを取り出すだろう。ださいな。病んでいるのか。

これからの暮らしの理想としては、やるべきことはささっとすませて、あとは自由の身となり「ひまだ」とこぼすことかもしれぬ。

と、そんなことをつらつら思ったので、家族に話してみたのだ。父さんは暮しの手帖社を辞め、会社勤めの必要もなくなったのになぜこんなに忙しいのだろう？

すると本上さんは「いや、ひまに見える」と即答したのだった。隣の娘も「うん、かなりひまに見えるよ」と尻馬に乗った。なぬ？

「きほん、ぼおっと空中を見ていることが多いよ」と娘。いや、それは原稿が書けないときだよ。ネタを考えてるんだ。「しょっちゅうそれ言うよね」と手厳しい。

家族に、旅先のひまそうな男たちの話をしてみる。

「お父さんもそういう印象だよ」「マイペースだし」「庭の鳥見てるし」「猫の相手してるし」「手水鉢のボウフラ取りしてるし」「椅子にふんぞりかえって何もしてないでただ座ってるし」

それは原稿のネタをだね。「はい」「はいはい」

家族の目には、私はのんびり、朝はコーヒーとトマトジュース飲んで、サプリメントを大量に摂取して、夜はお酒各種をちまちまアンバイする。本と録画済みブルーレイの整理ばかりに取り組んでいるものの一向に片づかず、日曜は将棋の番組をじっくり見て、お笑い番組各種をたっぷり録ったもののなかなか見ることができず、原稿は連日はかどらず、ときおり嘆息しては、洗濯ができるか空を見上げている、ひまなおじさん、というふうに映っているのだった。

こんなに忙しいのに。

12 ペット（本上まなみ）

## ずーっとずっとだいすきだよ

ウサギ、白文鳥、犬、アヒル、ニワトリ、亀、各種魚類に昆虫と、いろいろな生き物と共に暮らしてきました。うちの母が無類の動物好きで、すぐに「かわいいなあ」「飼おう！」って、連れて帰ってくるのです。

白文鳥は羽根もまばらなヒナのときから。二時間おきくらいにお湯でふやかしたエサを与えるのですが、仕事をしていた母は職場にも連れていって世話をしていた。なんと大らかな優しい会社なんだろうか。

たとえばですよ、電話をかけている横でヒナがピイピイ鳴いてエサをねだったりしたらどうでしょう。しかも二羽。一羽が腹減った！　と言い出せばもう一羽も「ハッ」とした感じでオレもオレも！　と騒ぎ出す。ほら、ツバメの巣を想像してみてください。愛らしくも賑々《にぎにぎ》しいあの状況。ほのぼのとする光景ですが、実際隣のデスクにいたとしたらかなり迷惑では。

アヒルも、初めは玉子色のほよほよヒナでした。ちびアヒルって本当にかわいいんです。特にまあるいクチバシの愛らしさときたら。私たちの目尻は下がりっぱなし。ベビーバスで泳ぎの特訓、お散歩も楽しかったなあ。ときどき尾をフリフリするのがたまらなくて、いつもお尻に注目していました。

ところが立派なアヒルになったある日、近所の池のアヒルに会わせてあげようと首の散歩紐《ひも》を解いたら、一瞬でアヒル集団に同化してしまうという事件が発生。それは迎え入れてからわずか一、二カ月くらいのことでした。必死におーいおーいと呼び戻そうとしたら全部のアヒルがこっちに向かってきたの。一緒に暮らして泳ぎの特訓もしたのに、どれが自分の子か判別できないって！　当時小三くらいだったのですが、ちょっとした思いつきがまさかの別れになってしまったという、やっちまったの典型例。衝撃的な出来事だった。

最近では一昨年ちょうどこの季節に、イチローというおじいちゃん犬を看取りました。母が旅行好きだったこともあって、そのお伴で日本中を車で旅した犬です。大きいパピヨン。原種に近いらしい。

若いときのイチローはちょっと不運な生い立ちのせいか他の犬が嫌いで、留守番も苦手。やんちゃでいたずらっ子で、幼かった娘とよくもめていました。娘のリンゴを奪ったり、爆走して娘が引きずられたり。息子が生まれてからは、こちらのほうがやんちゃだったため逆にいたずらをされる側になってしまった。水スプレーを盛大に吹きかけられたり。妹の息子にはガムテープでぐるぐる巻きにもされていた。愛想が良くてどこへ行ってもかわいいかわいいと撫でられたせいか、頭のてっぺんが平べったくなっていたっけ。

晩年は昼夜逆転生活になって夜鳴きをするようになってしまい、母は大変な思いをして面倒を見ていましたが、日中は穏やかで、不思議なことに食べても食べても体重がどんどん軽くなった。顔も体も小さくなって、あどけない赤ちゃんみたいな表情で寝ていることが多くなりました。

切なかったけれど、若々しいときからの一生を全部私たちに見せてくれて、一緒に過ごせて良かったと思います。最期にはバスタオルにくるんで抱っこして、いろいろ話しかけました。息を引き取る一時間ほど前に大きな声で「わん、わん！」と吠えたのですが、それがお別れの挨拶だったのだろうな。十八歳を迎える間際、見事な終わり方でした。

小学一年生の国語の教科書で『ずーっとずっとだいすきだよ』という、愛犬との別れが書かれたお話があったのですが（同名の絵本あり）、それを息子が宿題で朗読するたびじわじわ泣けたものだった。あの物語はいま聞いてもたぶん、泣くだろうな。

現在うちにいるのは金魚と、ヌマエビの一団。

六匹いる金魚のランチュウ、そのうちの一匹が、今日も水槽の底でお腹を上にしてひっくりかえっている。半年ほど前からエサを食べたあと、この体勢でしばしじっとしていることが増えました。金魚だから目はつぶらないものの、ぽてぽてとしたお腹を天に向けて昼寝をしているようです。どことなく、ごはんを食べたあと畳にごろりとしている私に似ているような親しみの湧くポーズ。ペットと飼い主は似てくるとよく言うけれど、まさか真似をしているのかね。

　息子が「かーさんかーさん、また金魚がひっくりかえってる」と騒いでいる。長年いろんな金魚を飼ってきましたが、こんなふうに寝る子はいなかったなあ。ネットで調べてみると「転覆病」という症状らしい。のんきに構えていましたが、病とな！　考えてみれば普段とは真逆の体勢でいるわけで、仰向けはやっぱりしんどいものかもしれない。じわじわ心配になってきましたが、当の本人「おヒルネくん」が喋ってくれるはずもなく、ぽけーっと腹を上にして沈んでいるだけです。半日ほど経つとまた元に戻ってぷりぷり泳ぎ出すので、いまのところ深刻にならない程度かもしれないが、密かに気を揉んでいます。

　体が石でこすれると傷になるので砂利は取り除き、水草を多めに入れ通常のエサにプラスして草食もすすめるようにしました。素人考えですが、新鮮な野菜（野菜ではないけど）は体に良いのでは、というイメージ。ほれ食え食えという気持ちが伝わったのか、ランチュウ集団はブチブチ噛みちぎって水草を食しています。消費速度が速いので、度々近所の水辺で調達してくるのですが、硬い茎は残して食べるところがかわいいではないか。よしよし、やわらかいとこいっぱい摘んでくるからね、と母さん張り切る。だからヌマエビも交じってついてきたというわけです。

　そんな世話をするその横で、息子が度々『ざんねんないきもの事典』の「金魚は雑に飼うとフナになる」という知識を披露し、期待を込めた目で金魚を見ています。いや、何を言うか。何年経ってもうちのはフナにはなりませんぞ！

ちなみにこのランチュウは息子の幼稚園時代に園の夏祭りの金魚すくいでもらってきたものでした。飼いはじめて五年ほど。副園長さんの知り合いという、ランチュウ愛好家のおじさまが、園児たちに分けてくださっていたのです。

最初はほとんど大きさも同じだったのに、いまでは大きさがまちまちで、色合いはもちろん性格も様々。ちびなのに他の子を押しのけるパワフルなやつもいれば、小食なのに体は大きいのも。仰向けになる「おヒルネくん」は一番食いしん坊。人間が水槽に近づくと「ごはんクレクレ」って集まってくるのが愛らしい。

泳いでいるのを見ているだけで楽しくて、やっぱり家に生き物がいるっていいなあと思うのです。いまは水槽なので真横から見ているのですが、本当はガラスの金魚鉢か大きい水盤みたいなのに入れて、上から愛でたいんですよね。涼しげでとてもいいでしょう？どこかに良い容れものはないかなあと思って探しているところです。

# 12　ペット（澤田康彦）

## 梅の木の下に

いいなあ。本上さんは白文鳥を飼っていたのか。そういう鳥を飼った経験のある子は心優しくなる。そんな気がする。

手乗り文鳥には子どもの頃憧れた。人さし指を出したら、飛んでくるんでしょ？　指に留まり、こちらをじっと見つめて小首をかしげるんでしょ？　くちばし、ピンクなんでしょ？　肩にも留まってときどきほっぺにチュッてするんでしょ？

いいなあ、手乗り。私はなんでもすぐほしがる名人であったが、とりわけなつくペット、いやペットというより相棒のような存在の何かを熱望した。

多くの物語の主人公にはパートナーがけっこうな割合でいる。『幸福の王子』のツバメとか、『フランダースの犬』、『長靴をはいた猫』なんて猫好きの少年には夢のようなお話（「カラバ侯爵」というエキゾチックな名にも憧れたな）。『宝島』の海賊ジョン・シルバーの肩に乗ったオウム（フリント）。『名犬ラッシー』や『ターザン』のチータもいい。漫画では『宇宙少年ソラン』のチャッピー、『ひみつのアッコちゃん』のシッポナ。後年では『風の谷のナウシカ』のテトとか、『魔女の宅急便』のジジとか、小さな相棒は小さくても頼もしく、ときには有益なアドバイスさえくれる。

　小学三年生のとき、近所からもらってきた子猫はアカトラだった。家にやってきた日、初めての居間の網戸にかりかりツメを立て外に向かってミャアミャアと体より大きい声で鳴いていた。同じ目線にまで低くなっていつまでも観察していたものだ。あの仕草は、五十数年経ったいまも忘れない。子猫はオスだったが、チーコと名づけた。クラスの女の子の名をこっそりつけたのだ。

　少年小説や漫画を読んでいると、飼い犬が帰りを待ちきれず、学校まで迎えにくるなんて場面があって、これには心底憧れたが、猫は残念ながらそういうタイプの生物ではなく、ずっと家にいた。待ってさえいなかった気もする。長靴を履いてもらい、ひと儲けさせてほしかったのだけれど。

　チーコは、私が近所の川で捕まえた大量のアブラハヤ、バケツに入れておいたぬるぬるの魚を一晩中手ですくってガツガツ食べ、翌朝死んだ。悲しかったが、泣いた記憶はない。私が子どもの時代は動物の死はいまよりずっと普通、身近だったように思う。飼っていたニワトリを父がときおり「つぶす」とか。その首を頭上で旋回するトンビに投げるとか。野犬もうろついていたし、生まれたての子猫や子犬を箱に入れて川に流す人がいたとか。捕まえたネズミを水につけて殺すとか。ヘリコプターが強い農薬を撒き、午後は川や池にぷかぷか大量に魚が浮いたとか。いまこうやって書くと多くはなかなか残酷なのだが、子どもたちは目の前で生き物の命が消えるさま、はかなさを具体的にきっちりしっかり目撃、体験できたのであった。

チーコの遺体は、祖母が裏庭の梅の木の下を掘ってくれ、そこに埋葬した。「チーコの墓」とカマボコの板に書いた。澤田家では代々動物はそこに埋める。金魚も鯉も。白梅の古木の下がわが家のペットセメタリーだ。

猫をなくした少年は、今度は小鳥をほしがった。そう、冒頭の手乗り文鳥である。親に「小鳥飼って飼って!」と頼みこむ。猫もいなくなったし。あかん、くさいし。いや掃除するし。あかん、あんた世話せえへんし。するし。結局せえへんし。するし。あかんし。なんでー? ってお約束のような母子のやりとりを経て、ある日曜日、気まぐれ屋の父がその話についに乗り、「まあええやんけ」と彦根の小鳥屋さんに連れていってくれた。少年の心、躍る。

しかし。店に文鳥はいなかった。ヒナはおろか成鳥もいない。店員に訊くと、再来月まで待ってもろたらと。えーそんなに待てへん。父が「ほな、こっちにしとけや」と指さす先にいたのがジュウシマツ。文鳥よりひと回り小さな体で、白地に茶色がだんだらに交ざった羽。忙しそうに動いている。目はつぶらで、かわいいっちゃかわいいのであった。おっちゃん、これ手乗りになる? 「まあなりませんな」と店員。でもぼんちゃん、ヒナの頃から一生懸命世話しはったら、ひょっとして。けっこう卵を産むんで、それが孵《かえ》ったところでやってみはったらどないでしょ？

うーん、それもありか。「かわいらしいやんけ」と父。一刻も早く飼いたかった私は、店員に「つがいにしときましょ」と言われるまま二羽と、鳥かご、わら製の丸い巣、エサ等々一式買ってもらった。

ジュウシマツ。おそ松くんの兄弟の名。あっちは「十四松」だが、小鳥は「十姉妹」と書く。『若草物語』は四姉妹だが、こちらは十も？　なんて思いつつ、改めてしみじみ観察する。実に落ち着きのないペアである。勇んで買った『小鳥の飼い方』によると、温和な性格、家禽《かきん》なので飛ぶ力が弱く野では生きていけないとある。あーそんな感じだな。まあいっか。かわいらしいやんけ。

そう、かわいいっちゃかわいい。そういう鳥であった。しかし愛想はない。本には「人にはなつきやすい」とあるが、私が近づくと毎回慌てて、かごの中のどっかに逃げようとした。毎回食事をあげていたのだけれど、ありがとうの感じはなかった。目線が合うこともなかった。外に出そうものなら逃げていくことは確かだったが、そのまま死んじゃうんだろう。卵を産んだ。何個も産んだが、孵ることはなかった。父が「どっちもメスなんやろなあ」とつぶやいた。そんなー。手乗りなんて、夢のまた夢だった。

夏のある日。学校から帰ったら、母が「大変や」と言った。「ヘビが！」。鳥かごには小鳥がおらず、かわりにシマヘビがとぐろを巻いていた。うひゃあ！「飲みこみよったんやわ。お腹が大きなって、出られへんねん」と母が気持ち悪そうに言った、「あほやわ」。

くわっ、許さん！　と私。焚き火で焼くか、川につけるか、どうやって仇《かたき》を討とう？

相当に怖いけど、とにかく許さん。睨み睨みするうちに七歳上、高校生の兄が帰宅。「なんだなんだ…うひゃあ」。兄は険しい目で腕組みし、「わいにまかせろ」と言った。ヘビ嫌いの兄だが大丈夫かな？　と訝《いぶか》しんでいたら、柿取りに使う長い竹竿を用意。かなり遠くからその竿先を鳥かごの取っ手に引っかけ、慎重に家の外へ。ついていくと、そのまま遠くの竹やぶまで駆けて、茂みにかごごとぽいっと投げ捨てた。ふりかえって弟に「これで大丈夫や」と言い放った。

というわけで、この二羽は名前をつけられることもなく、梅の木の下に埋められることもなく、鳥かごごと消えたのであった。

それから長くペットは飼われなかった。次の「ペット」は大学時代に飼った茶トラのハジメで、そのことは「ひとり暮らし」の巻で書いた通り。そのハジメも実家の白梅の下、チーコと共に眠る。

ああ、なんなら私もそこでいいなあ。

## キャンプにラーメン

子どもたちの夏休みが続いています。暑いので、南丹市美山《みやま》町の由良川へ泳ぎにいこうということになりました。美山はその名の通り、かやぶき屋根の集落で有名な美しい里山です。私たち家族の大好きな場所。

水着、シュノーケル、水中眼鏡、ライフジャケット、タオル、バケツに網、日よけテントにクーラーボックス…といそいそ準備をしていると、小三の息子が「お昼にラーメンも作ろう」と言い出しました。良い提案です。

アウトドアで即席ラーメンを食べる。いつから始まったのかは定かではないけれど、少なくとも私が子どもの頃から、野天で家族やイトコたちとラーメンをすすっていた記憶がある。そう、泳いで冷えた身体には熱々のしょっぱい汁物が旨いんだよなあ。うんと遊ぶとお腹減るんだ。五臓六腑《ごぞうろっぷ》に染み渡るラーメン、ありがたいものです。

子どもがしたいことをするのが夏休み。よし、じゃあカセットコンロと鍋、お椀に割り箸、ラーメンも追加だ。

コンロ持っていくならコーヒーも飲めるねと、さらにマグカップ四つ、挽《ひ》いたコーヒー豆八杯分、紅茶のティーバッグに砂糖も加わった。いつものごとく車に大量の荷物を積みこんで、清流目指して出発です。一泊でさえなく、日帰りというのにこの荷物。ぷっぷー。

みなさんの好きなお昼ごはんってなんですか？

私は焼きめし、チャーハンが好き。冷やごはんが冷蔵庫に潜んでいると、かなりの確率で焼きめしを作ります。具も冷蔵庫や冷凍庫にあるものを適当に。一口二口だけ残した豚の生姜焼き、漬けもの、キムチ、ネギ、卵、ちりめん山椒、万願寺トウガラシ、ちくわなど適当に二、三種類取り合わせるのが楽しい。

料理研究家の土井善晴先生が常々料理について、食材も調味料もあんまり触ったらダメなんです、というようなことをおっしゃっておられますが、焼きめしも「ごはんを焼くから焼きめしなんです」。鍋を振って炒めないこと、と念を押しておられたので、ハイ、私もそれを守るようになりました。これまで煽《あお》る感じで炒めるのが格好いいと思って生きてきたため、中華鍋を振りたい欲求が身体のなかから湧いてくるのですが、それを左手で「ぐっとこらえて」諫《いさ》める感じです。確かにそうすると、ごはんに焼き目がついて美味しいんですよね。もちろん仕上げに醬油を回しかけるのも忘れてはいけません。香ばしい良い香りが食欲をそそります。

夏休みのお昼、家族でよく食べるのはそうめん。つゆは毎回食べる分だけ作ることにしていますが、京都にある〈うね乃〉というお店の「職人だし」で作るのがお気に入り。イワシやサバの厚削りの節がブレンドされているもので、風味があって麺類にとてもよく合うのだ。適当に湯を沸かして、軽くひとつかみの職人だしを入れたらとろ火程度の弱い火でふつふつふつと数分。火を止めて削り節が沈んだらそーっと目の細かなザルで漉《こ》し（私は使い古した茶こしをひとつ、出汁漉し用に転用しています）、あとから昆布の粉末を入れる。昆布出汁をひくのは時間がかかるので、めんつゆを作るときは粉末になった昆布を使うことにしているのです。

　イノシン酸の削り節とグルタミン酸の昆布が組み合わさると旨味がぐんと増す。一足す一が二ではなく、四にも五にもなる感じ。それがお出汁のおもしろいところ。そのことを以前出汁の勉強をしたときに教わってから、トマト、タマネギは昆布と同じグルタミン酸、お肉やお魚はイノシン酸、干しシイタケなどキノコ類はグアニル酸と覚えて、洋風でも和風でも、違うグループから出汁になる食材を組み合わせて使うようになりました。

　めんつゆは、お出汁に、煮切ってアルコール分を飛ばした日本酒、薄口、濃口の醤油で味を調えればできあがり。そうめん用のお湯を沸かしている間にほぼ完成するので、あっという間と言える。出来たてのつゆは香り高くすっきりしていて美味しいんです。薬味はネギ、シソ、ショウガ、ミョウガ、スダチ、ごま、梅干しなど少しずつ全部用意して、各自適当に。鶏ささみや夏野菜の天ぷらを添えると栄養も摂れ、お腹の持ちも良くなります。

　もちろん、ときには外に食べにいくのもいい。私はいわゆる町の食堂というものが大好き。アジフライ定食にすべきか、中華そばにすべきか。あ、五目タンメンもある。いややっぱりカツ丼か？　カツだとカツカレーという手もあるな。

ぐーっ。お腹が「早《は》よせい、なんかクレクレ」と騒ぎ出すのをなだめつつ、思案するのは楽しい時間です。豊富なメニュー、お給仕さんがてきぱきとして気持ちが良く、どれを頼んでもハズレなし、狭すぎず広すぎずの店内にテレビがついているという気取りのない雰囲気。そんな素敵な食堂が近くにあると嬉しいものですよね。

私がたまに行くのは銀閣寺の近くの食堂ですが、家族みんな違うものが食べたいときにもこういう食堂なら全員が自分の好みで選ぶことができる。

たとえば夫「餃子と冷や奴にビール」。私「アジフライ定食」。娘「鳥なんばんうどん」。息子「オムライス」みたいな感じ。はぁ〜幸せ、ですね。

さてさて、冒頭に書いた由良川での川遊び。娘、息子、私の三人組で川流れを何度やったことか。ちょうど川がカーブするところで流れが速く、カーブ終わりでゆったりの流れに変わるのが楽しくて、何度も何度も流れました。天然の流れるプールなのです。しかも水中には魚がいっぱい。鮎《あゆ》の群れ、カワムツの群れ、そしてドジョウも五、六匹の集団で泳いでいました。ドジョウも群れるとはびっくり。これは今回の大きな発見でした。ハゼのような形のヨシノボリもたくさんいて、両手を伸ばして触ったときのごしょごしょっとあばれる感触がおもしろかったな。

夏の日ざしが川底の石を光らせ、砂利を息子が足で掘ると、巻き上がった砂煙を目がけてカワムツたちが足元に群がる。エサの水生昆虫を探して、何度も何度も砂煙に突進してくるのです。生き物の好きな息子はめくるめく水中世界に興奮してシュノーケルをくわえたまんま、あっち見て！　母さんこっちも！　とずっと騒いでいる。

娘はというと、ぷかぷかと空を仰ぎ見ながら私の横を流れていきます。こちらは正真正銘のカッパだ。気持ちいいねえ〜と、くたくたに力を抜き、身を委ねている。お皿も潤って、良かったね。

夫は久々にフライフィッシングのロッドを取り出し、上流のほうで元気なカワムツたちに相手してもらっていました。大きいのが簡単に釣れちゃうんだよ〜と言いながら嬉しそう。イワナやヤマメが本来ですが、ひとまず釣れたらなんでもいいみたい。

みんなで目一杯遊んだあと、息子はタオルにくるまって、はふはふしながらお昼のラーメンを食べました。

目が輝いて、活性化している。夏の子ども、いっちょ上がりです。

13　お昼ごはん（澤田康彦）

## ハイヌーンに笑う



「ぼちぼちお昼にするか」

　ああ耳に妙なるこの響き。お昼ごはんが特別であるというのは、「お」のへんにあるように思う。お昼。お朝ごはんとも、お夕ごはん、お晩ごはんとも言わないもんね。

「あさごはん」については前に書いたが、お昼ごはんのいい感じについては忘れていた。六十四年間生きてきて、まあ二万回以上「お昼」を取ったことになる。生活時間が乱れに乱れた大学生や雑誌編集者時代だって、朝は抜いてもお昼は食べていたからね。

　あんな夜こんな夜があったけれど、こんなお昼あんなお昼もあった。お昼は夜と違って外が明るいのもよいよね。って、おお私は当たり前のことを書いている。

　小学校では超のつく偏食児童で、ときには五時限目まで給食を持ち越したものだったが、中学生になると偏食はなくなりなんでも食べた。痩せたままひょろひょろ背だけ伸びた。給食を早く食べ終わり、仲間と連れだってゲラ（すぐ笑う人）のクラスメートＡくんの脇に立つ。Ａくんが牛乳を口にふくんだ瞬間をねらって面白いことを言い、噴き出させる。前の男子の制服の背が一瞬にして真っ白になったっけ。

冬には給食のパンを薪ストーブの上で焼いた。あの妙なる焦げた香りよ。いまでもトーストは熱したフライパンでじゅっと焼く。あの経験がベースだ。

高校生になると、始終ハラペコだった。給食はなくなり弁当に。母が用意してくれた大きなアルミの弁当箱は新聞紙に巻かれていた。そんな話をしたら『暮しの手帖』の若い子たちが「新聞紙!?」と驚いたので驚いた。戦時中の人を見るような目の若者に、弁当を食べながら新聞も読めるのだよと解説した。

二限目の休み時間に必ず早弁した。ものの数分でがうがうと野犬のように食らいこむ。一瞬でなくなるので何を食べたのか少しも覚えていない。お昼には購買部に行ってパンを三個ほど買って食べた。焼きそばパン、マカロニパン、菓子パン。コッペパンにマーガリンといちごジャム！　のちに歌人の穂村弘はこのふたつを混ぜたペーストを「ジャムガリン」って命名していたっけ。美味しいよね。ジャムガリンに牛乳。

大学時代の昼は学生食堂の定食で、午前のフランス語の厳しい授業でぼろぼろになってひとり、「B定食」なる九〇円のお値打ちセットを背中丸めて食べた。遠くの席、クラスのかわいい女子と談笑する先輩男子を睨みつつ、コロッケをうどんに浮かべた。

本の雑誌社で配本部隊なるアルバイトを始めた頃は、信濃町駅前のお気に入りのパン屋〈アンデルセン〉のサンドイッチなんかを買って出社したものだ。群ようこさんが当時事務員でいつも話し相手になってくれた。ある日、イラストレーターの沢野ひとしさんが

「一個おくれ」と私のパンをさっと取ってパクっと口に。それを見た編集長の椎名誠が「こらサワノ、学生のパンを取るなあ！」とでかい声で怒ったのが怖かったものだ。「いいじゃんねえ、一個くらい」と沢野さん。よくない、と私は思った（けど黙っていた）。

平凡出版（現マガジンハウス）に入ったら、社員食堂があった。無料だったので驚いた。社員もフリーもバイトも出入りの業者もみんな無料という太っ腹。創業者が「働く者みんなにお腹いっぱい食べさせる」と宣言したらしい。三種類あるメインのおかずから一品を選び、他にお総菜、みそ汁がつく。デザートもあり《おひとつどうぞ》とかわいいイラストつき。あるとき怖く厳しいことで知られる役員にして女性誌編集長のYさんが私の前でプリンを二個手にした。するとすかさず給仕のおばちゃんが「ひとりおひとつ！」と叱責。「えー」と編集長。隣にいた私に小声で「あたし役員なのにさー」ともらしたひと言が可笑しかったなあ。上司も部下も同僚も学生もまったく知らないおじさんも、食卓を囲んで談笑、情報交換。よい仕組みだった。いまもそうだったらよいな。

さあさてだがしかし。お昼ごはんの何に特別感があるといって「アルコールつきランチ」のそれに優るものはないのである。昼なのにビール。昼なのにワイン。なんならシャンパーニュ。これです。外は明るい。青空が、太陽が「飲みなさい」と言っている。ハイヌーンだ真昼の決闘だとうそぶきながら、「ま、いっか」と自らを許す瞬間。私はよく自らを許してきた。あの一杯の高揚感よ。

こういうときの（当時の）マガジンハウス、つきあってくれるというか誘ってくる先輩はいっぱいいいたなあ。

「サワダくん、お昼行かない？」「行きます」「社食じゃないとこにしよう」「行きます行きます」「何がいい？」「なんでも」「じゃイタリアンとか」「さんせー」。

お店に着いて、ランチセットからチョイス、メニューをじっと眺める先輩に気をつかって「あと、ビールとかですかね？」と言ってみると、「サワダくん、昼からビールはだめだよー」「だめ？」「普通はねー」「じゃ白ワインですかね」「赤もいいよねー」「でも午後は会議がありますよー」「一、二杯ならダイジョブだよ」ってそんな感じだった。「一杯なら」じゃないところがいいのだ。

平日昼間のこんなランチもいいが、しかしなんといっても異国のランチが楽しい。

最も心に残っているお昼はかなり昔、本上さんとイタリア旅行をしたとき。ミラノの〈ペーパームーン〉というたぶん知っている人も多い有名な食堂で、アンティパストをセルフでてんこ盛りに取り、私はというとハウスワインを堂々とボトルで頼み、がぶがぶ飲んで二本目さえ頼みそうな勢い。人気店なので満席なのだが、店員たちは老若大勢いてきびきび動き、始終にこやかで、おすすめを身ぶり手ぶりでゆっくり一生懸命説明してくれる。そのどれもがとびきり美味しくて、しかもそんなに高価ではなく、妻がときおり言うところの「大満足ダヌキ」状態の私どもだったわけだ。

そんなとき、それが起こった。ちょっと離れたテーブル。地元ミラネーゼらしき男女四人の姿はどう見てもビジネスの合間のランチに見えるのだが、ワインをぐいぐい飲んでいる。と、そのうちのひとりのおじさんがクスクス笑いはじめたのだ。最初は小さな笑いだったものが止められぬままやがてハハハ、ハハハがガハハ、ダッハハへと続いた。昔流行ったおもちゃの笑い袋を思っていただければよろしい。イタリアのゲラおじさんなんだろうけど、何が可笑しいのか、そもそもイタリア語だし、笑いの合間のごにゃごにゃ言葉では理由はまったく分からない。ついには店内に響きわたる大声でワーハッハ！　シニョールは涙を流し、お腹を苦しそうに抱えて、ぜいぜい、グワッハッハ。

笑いは伝染する。やがて隣席のご婦人グループに、そのまた隣席のカップルにと広がり、ついに私たちのテーブルにまで到達して、店員も含め全員がつられ笑い。大合唱状態となったのである。見知らぬ者同士がひとつになって、意味の分からぬことであんなに笑ったことなんて最初で最後。

いまでも外、お昼にイタリアンを食べるとき、本上さんが言う。「あのおじさんは何にあんなに笑ったんだろうね？」。またあの場に行きたいね、と私たちはうなずきあう。

## 14　寒っ（本上まなみ）

### 息白き部屋で

十二月になってしまった！

師走となればやることがたくさん。子どもたちの二学期ラストスパートのサポート、個人面談、それと「年末進行でお願いしまーす」なんていう前倒しで締め切りの来る仕事。他にも、ごちゃごちゃしたクローゼットを片づけたいし、靴もきれいに磨きたいし、台所も食材の在庫一掃、整理したい。

だけどこのところ私の身体の動きは鈍い。なんか変。頭に浮かぶのは『オズの魔法使い』に登場するブリキの木こりです。たとえば直立状態から前屈体勢になると腰のあたりがミシミシする。家にある、ぶら下がり棒につかまってだらーんと脱力してみるのですが、この脱力状態で頭を軽く前後に倒してみると首の周辺からゴキゴキ異音がすることもわかりました。自分の内側から鳴っているコワい音。大丈夫か。

つまり、凝《こ》っているんです。全身固まっちゃっているみたい。このまま放っておくとひどい目に遭いそうな予感がします。これまで何度か軽いぎっくり腰になっているのですが、その予兆に似ている。痛いときは腰を落としてすり足で歩くのが楽でいいのですが、その動きをしていると家人から「狂言の人みたいやな」「狂言のあの動きやな」とか喜ばれてしまうし。こちらとしてはそんなつもりはないのですが、そう言われると、扇子《せんす》を手に何か定番セリフのひとつも言いたくなってくるというものです。気の利いたのを勉強しておきたいものだね。なんて場合ではなかった。

もちろんこれは運動不足によるもの。身体が固まっているというのは、急に寒くなったからなのだ。この秋が暖かかったせいでずいぶん油断していたように思う。

本来はこれくらいの季節から空気が澄んできます。大文字山に登ったり、宝が池を散策したりして楽しむときです。落葉が一段落すると梢《こずえ》にとまる野鳥がよく見えるようになる。バードウォッチングに最も向く時季。ネクタイしているみたいなシジュウカラ。カワセミやルリビタキなど青い鳥もかわいいね。京都市内でも結構いろいろな野鳥が見られるんですよ。私の大好きなツバメはすっかり南の国へ飛び立ったようですが、冬は冬で愛らしい子たちがたくさんいます。

寒くなってくると「たまにはどこかの温泉に」なんて、一泊で繰り出したりしたものでしたが、果たしてこの冬はそんなふうにのんきな旅行ができるのか。温泉、しばらく行っていないな。銭湯にすら行けていない。冬の露天風呂って頭は冷や冷や、身体はほわーんと温まる。露天風呂に入りにいくまでが「寒っ」ってなるけど、あの心地よさは何にも変えがたい幸せの時間であります。

そうそう、前の秋、学校のＰＴＡ委員の仕事で保護者向けの薬膳講座を企画開催したのですが、お母さん方との打ち合わせ会議がものすごく盛り上がったことを思い出しました。しつこい冷えがある、寝つきが悪い。疲れ目、肌のカサつき、更年期対策などなど、みんなから講師の先生に訊きたい質問が出るわ出るわ。初めましての寄せ集めチームが一気に一体感増し増しで「そうそう」「ですよね」って共感の嵐だったのです。同志になれた瞬間。「この企画絶対上手くいくな」って確信しました。知りたいことを教わるのが一番吸収率のいい勉強法だと身をもって学びました。

先生曰く、基本的には次の季節が巡ってくる前に、前倒しで準備、食養生をすることが健やかな日々を送ることにつながります、と。つまり身体に事前に準備をさせるということです。西洋医学のように咳が出るからそれに対応した薬を服用するという対症療法的な考え方ではなく、空気が乾燥する冬がやってくるから肺を潤す食べものを摂る。具体的には長芋、レンコン、梨などは良い食材です。前もって気をつけてあげることが大事ですよ…って。ね、興味深いでしょう？

薬膳といっても漢方食材に限らず、普段からスーパーに売っていて私たちが日々食べているものにはいろいろな性質のものがあるとのことで、これを知らないのと知っているのとでは大違いです。鮭が身体を温める、貝類が安眠を誘う食材である、なんてお話も聞けば聞くほどおもしろく、すぐにでも日々の献立に取り入れたくなりました。

こういう話を娘にしたところ「へえ、もっと知りたい！」って。中三女子は中三女子で、身体の悩みがあるのでしょう。

寒いと言えば、学生時代はずいぶん辛かったなあと思い出します。小学生のときの体操服の半袖ブルマはキツかった。中学では陸上部に所属していましたが、真冬の駅伝大会は芯から凍えた。ランニングと短パンのペラペラユニフォーム。いまなら絶対ごめんなさい無理です、無理！　って言っちゃう。ウォーミングアップしたって全身鳥肌、ほんとにほんとに寒かった。ユニフォームの生地に匹敵するほど、やる気の薄い部員でした。

あと、昔ものすごく寒かったのは、田舎の家の布団だ。オカンの実家、庄内の家の冬の布団がめちゃくちゃ重たい綿の布団で、しかも昔のサイズなので私にとっては、両足がにょーんと飛び出す短さでした。

「寒いからいっぱい掛けな」って母やおばたちみんなが言うけど、二枚も掛けたら岩の下敷きになっているような状況で身動きが取れないの。どう考えても重い、重すぎるのです。間違いなくうなされる。金縛りにあったみたいになる。布団が硬くて首に沿わないため肩がびきびきに冷える。部屋自体も暖房を切っているので息が白かった。こんなこと書いたらオカンに怒られるかもしれないけど、映画『シックス・センス』の、霊が出るとき室温がぐっと下がって息が白くなる場面で、この庄内の家を懐かしく思い出してしまった。もう、ほんとにほっぺや鼻が冷たくなるんだよね。

おじが「昔は吹雪の翌朝なんか窓枠の部屋側にも雪が積もってた」というようなことも言っていたので、みんな頑張って過ごしていたんだなあとしみじみ。

雪国山形のそれに比べれば、京都の寒さなんて大したことな……いや、寒いな。日中は家の外の日ざしを浴びたほうが暖かい、とご近所の方々が家の前に出ています。京都の「冬のあるある」と複数の人が言っています。

でもこういうの嫌いじゃない。それぞれ自分の家の前を箒《ほうき》で掃きながら、お天気の話をしながら、なんとなーく日なたぼっこをするのって楽しいものです。寒いけど、心はぽっと温かくなる。

この冬は厳しいものとなるのでしょうか。各地雪の被害が出ないといいな。穏やかな年越しとなることを心から願っています。

# 14　寒っ（澤田康彦）

## たくさんの冬があった

滋賀県の湖東地方が出身の私。生まれてから長いこと、冬というものは雪がぼたぼた降って、朝はつららがにょきにょき下がって、昼は道がじゅるじゅるになって、屋根から急に雪がどさどさ落ちて、ってそういう季節と捉えていた。

朝夕「底」からやってくる冷気、巨大な琵琶湖は荒れた恐ろしい大洋と化し、遠き大陸からの突き刺すような北風が吹きつけてきて、晴れ間少なく、どんよりと雲が低く垂れこめ、遊んでいてもすぐ暗くなり、友だちの家にいるとずいぶん早めに「はよ帰り」と言われ、あかぎれ、しもやけにやられた指の痛さ、耳の熱さ、足先のかゆさに堪え忍ぶ日々。お出かけしてはいけない、というのが少年サワダの冬。

秋のうちから、祖母が火鉢や豆炭《まめたん》行火《あんか》を用意、丹前《たんぜん》を縫い直した。十二月の駅前の売り出し「恵比寿講」には一年間裁縫の内職で貯めたお金で、かわいい孫の私に分厚い肌着、新しいジャンパーやら防寒帽を買ってくれた。この帽子は飛行帽のデザインで、耳まで覆って、色つきゴーグルのついているイカシタもの。かぶるなり少年は両腕を翼のように広げ、きーんと走り出す。飛行機乗りというより飛行機であった。「メッサーシュミット！」

とか叫んでいた（語感がいいから）。友人たちもそれぞれ「シデンカイ！」「スピットファイア！」とか。どの男子もみんな似たり寄ったりの帽子をかぶり、寒風に乗って冬空を飛んでいた。

通学時は、祖母が毎朝私の肌着の背中に真綿の生地を即席でぺたぺた貼りつけ、その上からセーターをかぶせるという出で立ち。祖母は冬じゅう耳元で「さぶないか」「さぶいやろ」「もっと着ぃ」とくりかえした。母からは「ヤスヒコは身体が弱いさかい」と一〇〇回も二〇〇回も言われたので本当に病弱になって毎週風邪をひいていた。すぐにおでこに手を当てられ、水銀体温計が標準装備。三七度線が生死の境目、三六・八度のあたりで頭がくらくらした。背中の真綿は小二で断ったが、ただあれは確かに温かく、母はいまも昔ながらのあの柔らかで優れた素材を称賛する。「あんたが寝るときかぶってた搔巻《かいまき》の胸元も真綿やで。あったかいし軽いし、ずれへんから最高」。真綿が綿花ではなく蚕の繭からできていることを知ったのは大人になってからの「へえ」のひとつだ。

ところで私は進級するごとに、いかなる価値観か「薄着がカッコいい」と考えるようになった。長袖シャツ、パッチ（股引）の類を避けた。Tシャツの上に学生服とか。コートはトレンチ。ぺらぺらなほどよく、帽子もやめ、ぬかるんだ道には必須のゴム長も遠ざけ、しかるにズック靴はべちゃべちゃ、凍るような冷たさを維持、しもやけに拍車をかけた。後年「おしゃれはがまん」と多くのセレブが口にするが、それを私は関西の片田舎の六〇

〜七〇年代に実践していたわけだ。

高校生。雪降りの朝、自転車はムリと言われても聞かずに駅へとわしわし漕ぎ出す。雪深い道路、タイヤもペダルも雪まみれでじょじょに固まってきて、ぎこぎこぎこ、ぜいぜいぜい、ぎこ…どさっ！　スローモーションで新雪に倒れこむ。すぐに起きる力は湧かず、そもそもそんなに学校に行きたいわけでもない。重い自転車、太った通学カバンと共に雪に埋没したまま仰ぐ空からはさらに雪が落ちてきて、凍えるわ眠いわ、薄着・痩身（当時）の青年は「このまま寝たら死ぬな」と観念した。天は私を見放した。いやいまこうして五十年後に原稿が書けているのだから全然死んではいないわけだが、あれからどう起き上がり、積雪五〇センチに及ぶ道を自転車行軍、駅にたどり着き、電車に乗り、登校できたかの記憶、記録、証言は一切ない。

昔のわが生地《せいち》はこんなふうにかなり雪が降り、積もった。琵琶湖東岸を走る国鉄（現JR）は、東海道本線を京都方面から大津、草津等を経て、安土《あづち》を越えたあたりから雪の量が増える。わが町・能登川、さらに北へ向かえば高校のある彦根、次の米原からは北陸本線に分かれ、そちらは長浜、木ノ本を経て、県境を越え、敦賀《つるが》、福井、金沢、富山、新潟へ。つまり本物の雪国へ。私の故郷はそのスタート地点のような気候だ。君も試しに京都から真冬、琵琶湖線鈍行に乗り、湖に沿って北東へ向かってみたまえ。もしそれが雪降りの日なら劇的な空の変化を目にできるだろう。

かまくらが作れるほどには積もらないが、橇《そり》や雪合戦には十分。適度な湿り気で質のいい雪玉を作れた。私は生涯何個作って、人に何個ぶつけて、何個ぶつけられてきたかな。今後も作って、ぶつけたいものである。腕が鳴る。

そうだ思い出した。私の父は、八〇年三月米原駅で亡くなったのだった。前日東京出張で私の下宿に泊まり、翌日帰郷。糖尿による合併症で心臓を病んでいた父は温かな新幹線からプラットホームに降り立つや郷里の激しい冷気に襲われ、寒暖差に耐えられなかった。いまで言うヒートショックだった。「最後に話したのが東京のあんたとは」と、母は何かの導きのようにいつもつぶやく。

たくさんの凍える冬があった。

もうひとつ、こちらは悲しくない寒い日の話も思い出した。

初めての子が生まれたのは二〇〇六年の年末の東京。明けた正月三が日に退院となった。東京は暖かといっても、外のからっ風は冷たかった。

生まれたばかりの娘、首のすわっていない二六〇〇グラム、ふにゃふにゃしわしわ、殻のない薄皮だけで包まれた卵みたいな固まり。それでいてほっこりぬくい、少し蠢《うごめ》く生き物をどう運んだらいいのか？　私は大いに戸惑ったのであった。

この冷気のなか、何枚の「おくるみ」でくるむのか？　自家用車で自宅までどう運搬すれば？　昔買ったばかりの子猫を箱に入れて帰宅したときもドキドキしたけれど、その比ではない。引っ越しのとき、クリスタル製の細いシャンパーニュグラスを運ぶのにもとても慎重だったけれど、あんなふうに緩衝材でぐるぐる巻きにはできないし。

それでなくても急に父になり、来し方を思い途方に暮れる私。出産直後の本上さんと、そのオカンと三人で、この穫れたての軽すぎるこわれものを代わる代わる抱え、病院の玄関から外に出る。北風が吹いてくる。「さぶっ」と妻。

そう、新しい人よ、これを風と呼び、こういうとき「さぶっ」と言い放つのだよ。と新しい父は思ったのだった。

のちにこの冬生まれの娘は、小学校の賀茂川冬季マラソン大会に出たとき、全然速く走ろうとせず、その理由を問えば「速く走ると風が冷たくなるからねー」とうそぶくようになった。

「あたしは、さむ猫だからさ」が口癖。

# III

## 2022年

## 15 窓（本上まなみ）

### 窓際ってのがいいいんだよね

小学生の頃よくやっていたのにいまちっともやらないことのひとつに、窓に顔をべたーっとくっつけて変顔をし、みんなに笑ってもらうというものがありました。いまどきの小学生はしませんね。なんでそんなしょうもないことをしていたのだろう。これに近いもので、みかんのネットをよく被っていたけれど、ぎゅーっと引っ張り上げるときにまぶたが裏返りそうになって、ちょっとどきどきするんだよね。妹と代わる代わるやってうひゃうひゃ喜んでいると、うちのオカンが決まって寄ってきて「ちょっと貸して」とかぶってみせるのでした。

窓拭きは、冬休みのお手伝いでよくさせられました。帰省する庄内の田舎の家は広い分だけ窓も大量、廊下と茶の間の境目も全部ガラス戸だったため、母やおばたちからよく「おーい手伝って〜」と子どもらに声が掛かったのです。当時の大掃除は徹底的だった。窓拭きは、お湯にひたして絞った雑巾でまずざざざっと汚れを落とし、間髪入れずに乾いたタオルでこすっていけばピカピカ。目に見えてきれいになるため達成感があった。腰から下の低いところは妹たち年下チームが、上のほうの高いところは年長の私や同い歳のイトコのショウゴが、という布陣です。

東京では、ある時期にマンションの一七階に住んでいたことがありました。高層のため外側の窓は業者さんが定期的にきれいにしてくれていたのですが、幾度か「はっ！」としたことが。事前通知される掃除日程を忘れてしまっていて、窓際のテーブルでタイミング悪くラーメンをすすっていたり、前日大量に作った豚汁を巨大椀で食べているところに、ゴンドラでしゅーっと上から降りてこられる。どひゃ。業者さんと私、直線距離でおよそ三メートル。あたふたするのも変で、互いに気づいていないふりしつつ（絶対気づかないわけないのですが）、どんぶりから顔を上げずに食べ続け、あちらは窓をゆらゆら磨き続ける、ということをしていました。当時の私はただただ驚き、耳がかーっと熱くなり、うつむくしかできませんでした。若かったね。

曇りや汚れのないきれいな窓はもちろん好きですが、外出先、床から天井までの一枚ガラスの窓があるようなホテルや旅館などでは、建物の内と外の区別がつきにくいので注意深く行動するようにしています。というのも近視のせいかおっちょこちょいのせいなのか、よく窓にぶつかるんですよね。特に裸眼時は要注意。一度大浴場から露天風呂を目指す途中で窓に激突したときは仰向けにひっくりかえり、素っ裸で気絶する寸前でした。痛いよりも恥ずかしかった。旅先でははしゃぎすぎは禁物です。

と言いつつ乗り物でもお部屋でも結局は窓際が一番好き。窓外の景色は何よりのご馳走だ。それは私だけではなく、しょっちゅう乗っている東海道新幹線も富士山側の席はいつも人気。ネットで座席指定表を見ると、たいてい富士山側の席から埋まっています。この季節は雪化粧がどの辺まで進んだかチェックするのが楽しみです。

家でも毎朝寝室の窓を開けます。「うーさむっ」と言いながらも、朝の新鮮な空気が部屋に流れこんでくるその瞬間はやっぱり気持ちがいい。私の部屋からは、賀茂川のほとりですっかり葉を落とした大ケヤキの向こうに比叡山が見えています。冬枯れた色が格好いい。雪が降ると白くなり、春が来ればケヤキの芽吹きでまた山は見えなくなるのですが、それもまた良し。季節の移り変わりをダイレクトに感じられるのが嬉しいのです。

ちなみに京都に越してきて最初に住んだ家は府庁近く〈入山《いりやま》豆腐店〉の斜め向かいでした。そこはいまでも大きなおくどさん（かまど）に薪をくべて大豆を炊くという、昔ながらの製法を守る店なのですが、朝窓を開けると薪の燃えたあとの香りが漂ってきて、ああ良い街に越してきたなあとしみじみしたものでした。余談ですが、ついこの前久々にうちの子等を連れて買い物に行ったとき、豆腐屋のご主人が中学三年生になった娘を見て「えっ、ランドセル背負ってこの前を行ったり来たりしてたあの子が！」と驚愕しておられました。頼りなさげに登下校していた小一の娘に毎日「行ってらっしゃい」「お帰り」と声を掛けてくださっていたのです。あれからもうすぐ九年、春には高校生だもの。そりゃびっくりしますよね。

そんな娘がかつて使っていた幼児用の小さなテーブルと椅子二脚が、いまもわが家のリビングの窓辺に置かれています。十数年前の購入価格は一式で三〇〇〇円程度。白木のまま塗装も何もされていないごく簡素な作りなのだけど、それが愛らしく気に入っています。娘とはよくこのテーブルを挟んでお茶会をしたものでした。小さなカップとおやつの小皿を並べると、まるでおままごとをしているみたいな感じになり、それを彼女はとても喜んでいたっけ。絵を描いたり粘土をこねたりの作業場所でもありました。息子が生まれると今度は彼がここでお絵かきをするようになった。アイロンビーズやパズル、工作のときもこのちび椅子に座って黙々とやっている。この前なんて突然お習字をするというので慌てて床にレジャーシートを敷きました。勉強部屋の机よりもはるかに利用しているんじゃないかと思います。

窓際ってのがいいんだよね。私も家にいるときは窓のそばにいることが多いのです。春夏は外の空気が気持ちいいし、秋冬は日だまりで暖かい。リビングに限らず、縁側というところも好きだ。新聞読むのも爪を切るのも、ごろごろするのもいいでしょう。特にいまの時期、太陽のぬくもりで背中を温めながら本を読むのは至福のひととき。暑くなってきたらちょこっとずつ身体の向きを変えるんだよね。たまに鳥やネコが庭へ来ることもあり、動きをこっそり観察するのも楽しいものです。

あらためて窓について考えてみると、窓は外の社会とのつながりそのものなのでした。

が、世の中には意外と窓のないところもたくさんある。たとえば私の出入りする「現場」では、スタジオやテレビ局の控え室など窓がないことも多いのです。朝から晩まで外の空気を吸わない、空を見ない、なんてままあり、途中から入ってきた人に「いますごい夕立が来てる。雷が鳴ってるよ」などと聞いて驚くことも。そんな場所では通路にちょこっとある小窓がとても貴重に感じられたりするものです。日ざしを浴びずに丸一日過ごすだけで時間の感覚がおかしくなったりするので、普段から地下や窓のない場所でお仕事をされている方々は日々の体調管理も大変だろうなと想像します。

仕事で言うと、私の将来の夢のひとつに、自宅の道に面した窓を一面、お店として開けて、そこで何かの商売をやってみたいというのがあります。

昔よく見かけたタバコ屋さんとかたこ焼き屋さんとか、あの感じ。窓が開いていたら、あ今日おばちゃん店開けてるな、そういうふうなのをちょっとやってみたいなと。そこで何を売ろうかとあれこれ考えているのが楽しい。コーヒーとドーナッツとか。サンドイッチとか。おにぎりもいいね。近所に大きな植物園があるので、できればそのすぐ近くに開店したいと狙っているのですが、どうでしょうか。

## 15　窓（澤田康彦）

### 裏窓のあちらとこちら

冬のこの季節、うちの娘は窓際にいることが多い。

娘は「ふ」の字がつくので「ふうちゃん」「ふうさん」と呼ばれ、そんな名にしたせいかどうか存在感薄め、ぽわんと風船っぽい感じ。そばにいるのに気づかぬこともよくあり、そこにいたのかと驚いたり。最近は背もひょろんと伸び、シルエットが本上さんに似てきてぎょっとする。隣で洗い物を手伝っているのが妻だと思いこんだまま五分、ふと見れば違う人というのは大いにびっくりするものだ。

基本的にがっつき感がない点がいにしえのサワダ少年とは全然違う。試験で「八〇点以下は恥ずべき」といった姿勢は皆無で、「テストどうだった？」と訊いても「がんばったよー」。「できた？」「とにかくがんばったんだよ」「テストをがんばるってなんだ？　がんばるべきはその前のテスト勉強」と指摘しても、理解したのかしないのか「がんばったんだよ」と受け流す。後日戻ってきた数学のテストを見ると、六三点。「がんばったでしょ」と娘。「あたしとしては上出来」。妻が横からのぞいて「お、がんばったねー」と感心する。「マルが多い」。え、私の目にはバツが多く見えるが。「六三点も取った」と喜ぶか「六三点しか取れなかった」と嘆くか。マルが多く見えるかバツが多く見えるか。人間の幸福について考えこんでしまう私なり。

そんなふうさんは今朝は台所の窓際にいて、脚立《きゃたつ》に座って本を読んでいる。射しこむ冬の斜光を浴びて、なんか絵になってるぞ。「フェルメールか」と言うと、「真珠の首飾りのやつ？」と厚かましい。「違う、牛乳注いでるやつ」と私が答えると、それはスルー、黙って読書に戻る。

この正月、息子がイトコとのマリオカート対戦を切望したため本上さんは実家の伊丹へ、私と娘は東近江市へと、京都から東西に分かれてそれぞれの帰郷。私の母情報では「こっちは雪降りや、気ぃつけぃ」とのことで、車移動を諦め電車を選んだ。京都は快晴だが、新快速に乗ってたった四十五分先のわが故郷は確かに雪国だった。

ふうさんに会いたい姪の一家も到着していて、既に三人のおちびが裏庭の新雪を荒らしている。さっそく彼女たちに雪つぶてを投げてみると、すぐに戦い開始。わあきゃあと先方家族全員に狙われるもこちらは百戦錬磨、絶妙なるコントロールで三人の女子の顔面に直撃、ひとりずつ泣かせることに成功した。手加減はしない。「寒っ」の回で雪玉を作ってぶつけたい、なんて書いたけれど、意外とあっさり叶うものだ。

誰かのつぶてが母屋のサッシの窓に当たって、雪がはじける。そんなひやっとする瞬間は何度も見たように思う。窓の向こう側にしかめっ面《つら》の母がいる。デジャヴではない。五十年前も六十年前もあの窓辺にそんなふうに立っていた。九十二歳、小さくなったな。脇には半世紀前に父が買ったマッサージ椅子がずっとある。スイッチを入れると町工場のようなでかい音で動き出す。多くの人はこれに座って窓から紅梅を見る。舞う蝶を見る。柿の落葉を見る。雪を見る。裏庭に面した窓だから裏窓。ヒッチコック映画に負けない人間模様が明治大正昭和平成令和と見られたのだ。

ところで。事件はその夜起きた。宴会もお開き、姪の一家が帰るとまた雪が降り出し、家は急に静けさを取り戻した。母と私と娘三人の一月二日午後八時。私はほろ酔い、娘は隣で本を読み、母はぼちぼち風呂にという矢先に、ぷつんとテレビ画面が消え、電灯が切れ、エアコンが止まった。いきなりすべてが真っ暗闇に。

「停電？」と娘。「ブレーカーが落ちたな」と私。平時は消灯してもなんらかのインジケーターが点いているものだが、それがないとこの地はこんな漆黒の闇となるのか。「あわてるな」と娘に告げ、リュックから手探りで懐中電灯を取り出す。じゃーん。常備品なのだ。「あわてるな」とくりかえし、台所のコントロールパネルへ。あれ？　ブレーカー落ちてないぞ。パチンパチン。おかしい、変化ない。へんだな…あわてる。

半分服を脱ぎかけた母が、奥から鈍い光の懐中電灯を手に現れた。「こっちの部屋が停電になったわ」。いやこっちもだし。「お風呂入る直前でよかった」と母、「裸にならんでよかった」。「オイルヒーターが原因かな」と娘が言う。「でもブレーカーは落ちてない」

と私。母が「地域全体の停電かも」。なるほどと北側の窓から隣家を見てみると、降雪の向こうのあちらの窓は明るい。南側のお隣の窓は…あかあか。ということはわが家だけ。ということは雪で引きこみ線が切れたとか？　ということは今夜中の復旧は無理？　ということはこの寒い夜を暖房なしで？　ひえ！

「あわてるな、この家には石油ストーブが二台ある」と私が言えば、「いや、あれファンヒーターで電気がないとつかない」と娘が冷静に答える。「台所のグリルで暖をとるか」「ＩＨです」。そうだった、年寄りのひとり暮らしなんで二年前ガス式をやめたのだった。「しかも」と娘、「水も出ません」ととどめを刺す。「なんで？　井戸水なのに」「お父さん大丈夫？　吸い上げるポンプも電気なんだよ」。大丈夫とはなんだ、とむかっとする父だが、正論なので黙る。「あー裸になる前でよかった」と母がくりかえす。「そこか？」と娘と私が同時につっこむ。

大急ぎで電力会社に電話してみる。一月二日、日曜夜につながるか？　駆けつけてくれるものかな？　録音のメッセージが流れ、言われた番号を次々押すも「ただいま回線が混みあっています。このままお待ちいただくか、しばらくしてから…」。やつらはいつもこうだ。しばらくしてからだと凍死してしまうぞ。十分待ったがつながらず、ただ私のスマホのバッテリー消費が進む結果に。残り二〇パーセント。母のが三〇パーセント、娘のが五〇パーセント。「充電しとけばよかった」と私はあまりにもありきたりの後悔をもらす。

すきま風のきびしい古い家なので、暖房が切れた時点でぐんぐん室温が下がっていく。九十二歳の老母の身が心配だ。が、意外と気丈で「もう寝とこ。寝るしかない」「真夏でなくてよかった。暑いほうが死ぬわ」「夜が明けたら京都のあんたの家に行こ」。日頃避けていた京都行きまで提案する。「戦争中なんか灯りをつけられてもつけたらアカンかったんやで」と話が長くなりそうなので、急いで寝床の準備に。

母屋の窓のガラスは昔の薄いもので、びしびし冷気が伝わってくる。いやしかし窓の雪は確かに明るいなあ。あれは何が発光しているんだろう。

唯一あったカセット式ガスコンロで、外の水道からくんだ水を沸かし湯たんぽを作る。湯たんぽはふたつしかなく、ここは私ががまんしてふたりに譲ろうと思ったら、娘が「お父さん使いな」と言う。いい子だなあ、とちょっとうるうるしそうになるが、「おじいさんに譲る」と余計なひとことをつけ足した。

翌午前八時。姪がスタッドレスの車で迎えにきてくれ、一路京都のわが家へ。午後には兄の手配で電力会社が来て、原因はオイルヒーターのフル稼動で外のブレーカーが切れたせいと判明。え、外にもうひとつそんな仕掛けがあったのか！　初めて知る。なんのことはない、いつもの裏窓の外、すぐ脇にでんとあるでかい箱がそれであった。長年あったのに全然目に入ってなかったよ。

16
ねどこ（本上まなみ）

# 布団のなかの幸せ

二月と言えば一年で一番寒い時期です。

小さいとき、夜九時になると四つ下の妹しーたんと一緒に寝床へ行くのが決まりでした。ちょうどいまぐらいの季節、布団は冷や冷や、冷たいので入る瞬間ぐっと気合いを入れる必要があった。

「わっしょい、しよか」と言って、それぞれの布団のなかに潜りこむ…やいなや横向きになって駆け足というか、腿上げのような動きをしながら「わっしょいわっしょい！」「わっしょいわっしょい！」と十秒二十秒くらい、がーっと足を動かすのです。すると不思議。摩擦熱で布団内部がぬくもってくるのである。ふう。温まったな。うん、あったまった。じゃあおやすみ。妹はすうすう、あっという間に寝てしまうのでした。

この「わっしょい」と呼ぶ儀式は、うちのオカンから伝授されたものです。母の生まれ育った庄内の家はそれはそれは寒い土地だから、この入眠前の自家発電は必然的に身についたものなんだろう。準備不要、簡単、実効性があるので、布団のひんやりが苦手な方はぜひ一度やってみて。コツは布団を蹴飛ばしすぎないよう首元あたりの布団を両手でぎっちり摑んでおくことです。私はこの教えを守って育ち、寒さに弱いうちの娘にももちろん伝授、小学生の娘は毎晩ばふばふと布団のなかで爆走していたっけ。そのあと息子にも一度促したことがあったのですが、やっているうちに楽しくなったのか過剰に活性化してきて、終《しま》いには、がるるるーと布団をはね飛ばしこちらに飛びかかってきたため、完全に逆効果であることがわかりました。

寝床と言えばまず頭に浮かぶのはウナギの寝床。本物のそれ。水族館で塩化ビニールパイプにぎゅうと詰まったウナギを見るのは楽しい。わずかに残った狭いところにもう一匹入ってきたりして、それでも誰も怒らずにみちみちと肌を触れあわせている。ウナギって正面から見るとちょっと笑った顔をしているのも心が和むんですよね。

動物たちの寝床は「いいな」と思うものが多い。もしも自分がネコだったならば、猫ちぐらという、わらで編んだかまくら状の寝床がいいな。しっかりと編まれて安心感があるし、適度に通気性もありつつ温かそうで。他には、樹上の枝を折りたたんでふかふかとさせたチンパンジーのベッドや、木のうろを仲間たちとシェアするモモンガのねぐらなどは自分が小さければ泊まりにいってみたいなと思うものです。

一家でよくお世話になっている、神奈川の丹沢山にある国民宿舎〈丹沢ホーム〉にはムササビ用の巣箱が木に設置され、そこに小さな赤外線カメラが仕込まれているのですが、ムササビの寝ているようすが観察できるのがおもしろい。ご主人の中村さんは「押し入れの布団にヤマネが寝ていたことがあったよ」ともおっしゃっていて、ひぇーそんなかわいらしいドッキリがこの世にあるのか、とうらやましがったものでした。

自分の布団じゃないのに「気持ちいい」と思ったのは、小学校のときの保健室のベッドでした。授業中に発熱したのです。「おうちの人が迎えにくるまで寝ていてね」とまっしろなシーツの清潔な布団に案内され、しかも親切にしてもらい、日光がさんさんと降り注ぐ部屋で横になる。あれは嬉しかったなあ。コトンと眠りに落ちた。

あと、ちょっと不謹慎かもしれませんが、『大阪ハムレット』という映画に出演した際に一度だけ棺桶に入ったことがあり、あれも具合がいい寝床だなと思いましたね。なんだろう、狭さが落ち着くのか全然嫌な感じがなく、むしろ気持ちが良かった。ちなみに私はかなりの回数、死んだり殺されたりしています。いろんな動いちゃいけない寝床を経験しているな。

ドラえもんの寝床にもずいぶん憧れた。押し入れ。友だちもやったことがあると言っていて、小学生の頃に真似して何回か入って寝たことがあります。きゅっと狭い空間というのは居心地がいいんだなと思った記憶があり、それから寝室は、眠るだけに特化した小さい部屋がいいなあと考えるようになりました。

家にいると朝から晩まで台所とダイニングにいてごはん作ったり新聞読んだり原稿書いたり、たまに体操したり、またごはん作ったり洗い物したりで、一日のうちに自室に籠もる時間、習慣がないのです。だから寝室はできるだけ小さい和室で、布団用の押し入れがあって、時計と読書灯の他はなんにも物がないくらいのがいいなと思っています。文机《ふづくえ》があって書生さんの部屋？　といったささやかな感じ。掃除もしゃっしゃっとすぐ終わるし、こざっぱりとして清潔で、そんな寝床が私の理想になり、現在はそれ用の四畳半ルームを一室確保しています。

が！　現実はというと、毎晩隣には小三の息子が布団を並べている。布団を首元まで掛けてやり、目覚ましをセットして、電気を消して。

「それで今日しろぼんはどうしてた？」ひそひそ声で息子は私に尋ねてくるのです。

「学校で冬のたき火パーティがあったんだけどね、お芋掘りでみんなが掘ったお芋とか、お家から持ってきたリンゴとかおにぎりとか、先生がこねてくれたパンとかをいっぱいいっぱい焼いて、近所のおじいちゃんおばあちゃんもみんな来て、食べたり歌ったり踊ったりそれはそれはにぎやかな一日だったみたいだよ」「しろぼんもなにか焼いた？」「すごい大きなマシュマロをお家から持ってきたんだけど」「しろぼんくらいの？」「そう、しろぼんと同じくらいにまんまるでまっしろの。しろぼんはマシュマロのふりしてたき火の前に一緒にいたら、校長先生はすっかりだまされて、裏側も焼かなきゃね！　ってひっくりかえしそうになったから、わっ！　って言ったら」「あはは、校長先生のほうがびっくりしたんでしょ」

寝る前の「しろぼんのお話」。これは私の創作物語です。その場の思いつきでただただ喋る、息子のための話。主人公のしろぼんというのは息子の大事にしているアザラシのぬいぐるみなのですが、この子をいたずらっこのあわてんぼうでよく失敗する小三男子（つまり息子そのもの）という設定にして、家族やイトコ、近所に住むいろんな生き物たちとの交流、冒険するようすをちょっとずつ語り聞かせているのです。

日々、息子は寝る直前まで「ゲームいい加減にしなさい！」「筆箱の鉛筆削ってないじゃん！」などと私からガミガミ言われ続けているのですが、どんな大荒れの一日でも布団に入ったあとはふたりして「しろぼん」ストーリーでほっと一息ついて寝る習慣になっている。今日もまたブチ切れてしまったなあ〜と親を落ちこませたままにしないで、「しろぼん、今日は何してたの？」と布団のなかで訊いてくれる息子はもしかしたら案外いいやつなんじゃないかとふと思ったり。いや単にテキトーで切り替えが早いだけなんでしょうが。

昔は娘もこうして寝る前のお話を楽しみにしてくれていたのに、いつの間にか自室で眠るようになってしまい、いまのお客さんはひとりきりです。いつまでこうして寝るのかなあ。この和室を書生部屋仕様にチェンジするのはだいぶ先なのか、それとも思ったよりもすぐなのか、誰にもわからないまま、一日一日過ぎてゆきます。

## 16 ねどこ（澤田康彦）

### 天使の浮き舟

連日寝不足、基本忙しく、常に大荷物。疲れていて、身体のどこかが疼《うず》き、どこかが病魔に冒されている（気のする）私の人生なので、睡眠は大切にしてきたのであった。寝床は重要。寝具は友。一生の時間の何分の一かはそこで過ごす場所をおろそかにしてどうする。ケチったらあかん。

ということで昔はウォーターベッドを入手したものだった。ぷかぷかゆったり、気持ちはよかったけれど、ずっと通電しておくとか、空気が入ってしまってじゃぼじゃぼ音がするとか、そのうち小さな水漏れなども起こり、つど業者に来てもらったりしてまことにストレスフル。結局普通のに替えた苦い経験も。

現在の私の寝床は、フクラのセミダブルベッドにビラベックの羽毛布団をいずれもコンランショップの麻のシーツでくるみ、枕は西川の「エンジェルフロート」を据えるという布陣。このなかで最重要は、枕。ベッドより布団より何より「マイ枕」であることを長年の経験で知った。そばがら、もみがら、ひのき、プラスチックのパイプ、ビーズ、羽毛、低反発ウレタン…ああでもないこうでもないと試してきた半生であったが、やっとたどり着いたのがこの「天使の浮き舟」（↑サワダ訳）。低反発でも高反発でもない、軟らかすぎず硬すぎないよい塩梅の（私みたいな）特殊ウレタンのこの枕を、ひんやり触感の専用カバーでくるむ。頭を乗せれば、適度にふんわり沈むいい感じ。ああこれこれ。旅先にも持っていきたいのだけれど、重め、かさばるため諦めざるをえないのが残念だ。一応もうひとつ買って、足しげく通う東近江の実家に置いた。誰かに使われぬよう自分の納戸に隠してある。だってイヤだよねえ、他人と共有の枕。え、あなた気にしない？　へえ！

枕が合わないと悪夢を見るような気がする。ヘビだらけの道、ゴキブリだらけの台所、ゲジゲジだらけの庭なんて「だらけ」の夢も怖いけれど、成人後も見続けているのが、答えも何も分からぬ試験の場とか、締め切りに間に合わず原稿が落ちて真っ白になりそうな雑誌とか、誤植だらけの書籍とか、作家の手書き原稿をどこかで失くした…なんて夢は現実的でとても恐ろしく、うなされて目覚めれば汗びっしょり。最近そんな夢を見なくなったのもエンジェル枕のおかげか。いや、単に会社を辞めたからか。

うなされるで思い出したけれど、映画やドラマで悪い夢を見た人がガバッと半身を起こして汗だく、「…夢か」なんて、そんな描写をいくつもいくつも古今東西の作品で見るのだけれど、人ってあんなふうに起きますかねっていつも思う。少なくとも私は一回もない。何千回と怖い夢を見てきたけど、一度も「ガバッ」はない。あの安直、凡庸な描写を私は認めぬ。

長く生きてきたので、いろんな寝床を経験してきた。

最もどっきりしたのが、映画のロケ先の石垣島のホテル。夜にやっと戻れてやっと眠れるプロデューサーの私がシーツをめくれば、なんか赤い長い太い紐が一本。よく見れば体長三〇センチの大ムカデがもぞもぞ。悪夢ではなく現物。うぎゃあと悲鳴を上げて隣室の「ミユキちゃん」を呼んだ。大食い選手権にも出たという彼女は猛者《もさ》で、スリッパを脱ぎ「なんね、こんなやつ」とバシバシ撃退してくれたっけ。わ、そこまで叩かないでも。

せつない寝床もある。とある山奥の知人の家に、まだ幼稚園児だった娘を連れて遊びにいき、知人と昔話に花が咲き、調子づいてお酒をしこたま飲んだら完全に悪酔い。布団を敷いてもらった階上、天井の低い屋根裏部屋に娘を寝かし、私は階下に降り、よせばいいのにまた飲んで、トイレで吐いて、深夜にへろへろとまた這い上がる。真っ暗な部屋、天井の低さを忘れた私はごつい鴨居でおでこを強烈にガツーン、仰向けに倒れた。ああこういうときは本当に星が舞うんだと激痛のなかで思いつつ、なんとか娘がすーすー眠る布団の隣にまで転がってゆく。痛みで意識が遠のくなか、ああこのまま失神して死ぬのかなあ。娘の寝息を聞きながら、アホな父ちゃんですまんかった、母さんをよろしく頼む、なんて半泣きの夜であった。これは前の「もうだめだ」の巻で記すべき思い出のひとつだったな。

翌朝無事に起きられて、でかいたんこぶを撫でつつ安堵した。死んでなかった。

一家四人でひとつのテントに寝たこともあった。四国、吉野川の「川の学校」イベント。

会場の河原に幕営するのだが、参加者多数でいい場所は既にない。やっと確保できた小スペースは勾配のある地面。床が斜めのテントは初めての体験で、「面白いね」なんて強がりつつも、水筒は転がる、おにぎりもころころ、赤ん坊（当時の息子）もころころ。就寝時はみんなで頭を高いほうにして寝る。いやこれが寝づらいのなんの。寝袋が滑りやすい素材であることがよく分かった。うとうとしてはずり下がり、這い上がってはまた下がる。深夜娘は諦めて、そもそもいちばん低い地点で寝るという知恵を働かせた。朝目覚めれば全員がイモムシみたいに下に溜まっていたものだ。

子どもがいると、寝床の質が相当に変わる。いいことも悪いこともある。

寝かしつけなどは典型的なそれだ。本上さんの原稿通り、小三の息子はまだひとりで眠れないという甘えん坊。なんて書く私も小六まで母と祖母の間で寝ていたそうだからエラそうなことを言えた者ではない。ちなみに欧米では早々に子どもを分離して自分の寝室、ベッドに寝かせる。わが国の二の字、川の字、多ければ州の字になりくっついて眠る習慣とはくっきり違う。人格形成に大きな差が出るだろう。個人主義が日本に定着しづらいのは案外そんなところにあったりして。

わが息子。冬の寝床の少年。風呂上がりのシャボンのいい匂いをさせ、湯たんぽのように温かで、なぜかその時間だけ素直でいい子になるという不思議よ（妻の文章を読んで、何をぼそぼそ喋っていたのかを初めて知ったよ）。

夜も忙しい本上さんに代わって、最近は寝かすまでは私が担当するということも多く、ここぞとばかりに『宝島』『十五少年漂流記』『トム・ソーヤーの冒険』なんていう定番を一緒に読むことに。いまも昔も子どもはトムのペンキ塗りシーン、大好きだね。

がしかし、アルコールを摂取した父が先に眠りに落ちることもしばしば。二、三時間後に妻と交代、温かな床から這い出るのがあまりにつらく、当初やっていたマイ枕の持参はやめた。熟睡してしまうので。

もっと昔、娘の寝かしつけでは、本を読んだあと、音楽を慎重に選曲、編集し、静かに流してやったものだ。オードリー歌う「ムーン・リバー」とか、ショパンのピアノ協奏曲第一番の第二楽章とか。グリークとか。シメはビートルズ『ホワイト・アルバム』のラストソング「グッド・ナイト」。リンゴ・スターが歌っているが、元はジョン・レノンが息子のジュリアンに歌った子守唄と聞く。「甘い夢を」…ストリングスだけの伴奏に、父の私のほうがうっとり、眠りに落ちそうだ。

と、娘が小声で申し訳なさそうに言う。

「お父さん、あのね、うるさくってねれない」

## 17　学校（本上まなみ）

# 十時開始にしたらいいのに

ここだけの話、じゃないけれど、学校で何かを頑張っていた記憶がほとんどないのであります。

勉強…うーん。運動？　うーん？

あ、小学生の頃、教科書の音読は好きだったな。新美南吉《にいみなんきち》『手袋を買いに』とか。

暗い暗い夜が風呂敷のような影をひろげて野原や森を包みにやって来ましたが、雪はあまり白いので、包んでも包んでも白く浮びあがっていました。

なんと素敵な、と思ったものです。子ぎつねのぼうやの無邪気でかわいらしいこと。そしてふたつの白銅貨のチンチンと響く音のくだりは「ああちゃんと本物だ」って、何回読んでも心からほっとした。新美南吉は学校の先生だったんですよね。以前、ある雑誌の取材でかつての教え子というご婦人にお目にかかったことがありますが、新美先生はとても穏やかな優しい方で生徒たちから慕われていましたよと伺い、想像していた通りのお人柄だったのが嬉しくて、ほう、とため息が出たものでした。

しかし。学校というのは、どうしてあんなに朝早くから始まるのでしょう。早起きは苦手で、一分一秒でも長く布団にくるまっていたかった私としては、学生時代ずーっと起きるのには苦労していました。洋服も着替えるのがやっとで、コーディネートなんて、え？って感じ。超適当で無頓着。その上冷たい水で顔を洗うのが嫌だから、目の周りに数滴の水をつけてこすり、タオルで拭いておしまいにしていた。鏡を見る習慣も趣味もなかったですね。

靴じゃなくてサンダルをつっかけて出発してしまったときは、さすがにいったん家まで引きかえしたけれど、朝の貴重な時間に無駄な動きをしなくちゃならないなんてと、道々ひどくがっかりした記憶があります。半分寝ていた割に途中で気がついたのは、自分が歩くとカポカポと地面から変な音がするからだった。耳が気づいたのだ。

そんなに焦らずとも、十時開始とかにしたらいいのになあといつも思っていました。当然夏休み早朝に開催されていたラジオ体操には二回くらいしか行ったことがない。うちの夫のように真面目に行く子が多いなか、新学期にまっさらなカードを提出するのは少々気が引けたけれども、どうしようもなかった。だって起きられないのだもの。

そんなわけで私は、自分の子どもが溌剌《はつらつ》としていなくても、まあしょうがないかとどこかで思っているのです。ハキハキとして利発な子なんてのは理想的かもしれないけれど、そんなの全子どものうちの数パーセントにちがいないと、おおよその見当をつけています。だけど、コロナ禍で息子の小学校がリモート授業に切り替わり、家のパソコンをＺｏｏｍにつなぎ、かたわらで息子を見張っていなくてはならなくなった私は気づいてしまったのです。彼のクラスメイトはほぼ一〇〇パーセント、朝からハキハキとして利発なお子さんたちだったということに。くぅー、読みが甘かった。リモート授業は毎日が参観日のようなものです。

うちの子たちは揃って朝が弱い。親ゆずりのぐうぐうぐう、すぴーすぴーと大変深い眠りだ。そんな人らを起こすのは大変。でも敷き布団のほうにくるまってでも寝ていたい気持ちはわかるから、「おきろー、がんばれー」と努めて穏やかに起こすようにしている。朝食も本人の食べやすいものを何かしら食べれば良しとしている。「早寝早起きあさごはん」が良いのは百も承知だけど、無理なものは無理なのだ。息子が顔を洗うふりをして、目の周りだけ濡らして目やにをこすっていても何も言いません。

うちの親は子どもの髪の毛の寝癖を直すようなことはしなかったけど、夫は朝、息子のくしゃくしゃの頭に蒸しタオルを乗せてやっている。優しい父ちゃんだなあと思う。ふりかえってみると、かつてこれをやっていたのは、うちのオトンでした。仕事で事務所に泊まりこむことが多く、自宅にはいないことのほうが普通で、朝たまに家にいるとびっくりしたものだった。彼も見るからに朝は弱そうなタイプであった。後頭部が水鳥のキンクロハジロのように盛大にぴょんと跳ねているか、鳥の巣のようにもしゃもしゃしているかのどちらかで、そこに蒸しタオルをあてじっとしているので、あれは何をやっているんだろう？　といぶかしく思ったものです。いまも散歩とかしていて、水辺でキンクロを見かけた際は「あ、まさやん（父）いるな」「元気そうやな」って必ず言ってしまう。もはや分身かなんかに見えるのです。

しかし、いまのいままでなんとも思っていなかったけれど、蒸しタオルでアレを直すってのは昭和世代の基本行動なのだろうか。少なくともいまはドライヤーがありますよね。

学校の話でした。私の通っていた小学校はとても穏やかな良い学び舎でした。すぐに友だちもできて、平和な毎日だった。先生も優しくて、二重跳びとさか上がりができなかったとき特訓もしてくれたけれど、最終的にはまあまあしょうがないか、と見逃してくれたし、いろいろ失敗してきた割には怒られた記憶がない。四年生のときの担任ヤマネ先生なんて、生粋の阪神ファンで「阪神優勝したら宿題なしにする」と宣言、野球に関心のない子も試合の動向に一喜一憂するように。そして見事に阪神が優勝、本当に一カ月丸々宿題がなしになった。阪神タイガース最高！　ヤマネ先生最高！　みんなおめでとう！「六甲おろし」を歌って祝ったものでしたよ。

下校したら好きなだけ本を読んで、友だちとザリガニ釣りして、自転車で近所をぶらぶらしてと、したいことだけしかしなかった記憶があります。

学校っていいところだったなと、この小学校時代をふりかえると思う。頑張っているところが特にない私にも、良き友がいて、温かい先生がいてくれた。学校に居場所がない、居心地が悪い、なんて感じることがなかったのは、とても幸せなことでした。

このように自分がずいぶんとのんきな小学生時代を送ったために、娘息子のぐだぐだぶりにはあんまり強気に出られないというのが本音です。私は親から宿題チェックされなかったのを良いことに、漢字練習も、たとえば「係」という字だと、最初に人偏《にんべん》をばーっと書いて隣に「系」をだーっと書く、みたいなことばかりしていましたしね。そのうち自分の書いている文字が記号のような象形文字のようなものに見えてきて、目が変になったのか？　とびっくりすることが多々ありました。「ノルマをこなそうとすると→目が変になる」ということを学んだ。先生の意図する「漢字は何回も書いて覚えてね」という願いとは完全に別物になってしまっていたことを、いまさらながら反省しています。

一方夫はというと、どうやら勉強をちゃんとするという「正しい道」を着々と歩んできたようで「宿題をしてから遊ぶんだよ」と毎日息子に言い聞かせている。「おっ、明日漢字小テストか、ちょっと予習もしておこう」「お父さんは、小学生の頃漢字ハカセって言われてたんだよ」なんて自慢も加えたりして。

ちなみに、私は「折り紙ハカセ」でしたよ、おとっつぁん。

# 17　学校（澤田康彦）

## 孤独な級長さん

今朝の娘はいつもより早く起きているのでわけを訊くと、「卒業式の予行演習だよ」とボヤき調。ああ、それな。それは五十年前、父さんの頃からあった。確かに意味分からないね。運動会でもやらされたけど、やみくもに行進させられ、イッチニイッチニ、サワダくん肘曲げないで、よそ見しない、と注意される。卒業式の予行では早くも悲しいBGMを流して、起立、気をつけ、礼、証書授与、送辞、答辞、お見送り。はい、では明日ちゃんとやること。

あれはなんのため、誰のためのものだったのか。まあたぶん代議士、商工会やPTA会長、来賓諸兄姉に粗相があってはあかんからという配慮だろうが、演習をやらされるほうはたまらん。主役である卒業生に練習させ、都合二回も卒業証書を手渡すなんて（一回目はダミー）。いずれ地元の名士となるかもしれぬ私としては「そんなんいらんから」と宣言しておきたい。粗相があってもかまわぬし、そういうほうが心に残る。そういえば友人のシロキくんは書道の表彰状をもらうとき壇上から転げ落ちたもんだったな。

そもそも式典が嫌いだ。ヒエラルキーをはっきりさせ、全体主義になってしまう傾向が

ある。教師が教師を見張る、国歌斉唱時の口パク監視とかさ。そんな国だったっけ？（ああ、そんな国だったよねー、戦前は）

ただ、式典イヤと言いつつ、子どもの入学や卒業式にはうるうるしてしまう私もいるな。自分のときにはあれほど無関心無感動だったのに不思議だね。

卒業式でいえば、在校生の「呼びかけ」は楽しかった。ほらみんながひと言ずつ口にしていくあれ。「桜花爛漫《おうからんまん》の今日」「私たち在校生は」「卒業生のみなさんの今日の門出を心から」ってやつ。ときおり全員が「おめでとうございます」とか声を揃えて言うときに盛り上がる。この言葉の洪水はドラマティックで高揚した。いまはもうできないもののひとつだ。余談ながらこれで思い出すのは恩田陸のデビュー作『六番目の小夜子』という怖い小説。演劇部によって作られた「呼びかけ」のシーン。

「学校というのはなんと不思議なところなのでしょうか」「勉強するためだけならば」「何もここでなくたってできる」「おかしいと思いませんか」「試しにそこの教室を覗いてごらんなさい」「何が見えますか」「たくさんの同じ大きさの机と椅子」「がらんとした四角い部屋」「この部屋は何」「そう、これは容れ物なのです」「何を入れるのでしょう」「そう、人間です」「そう、あなたたちを入れるのです」「あなたたちをこの一つのところに集めるためにある場所なのです」「皆同じ服を着せ」「皆で勉強しよ

うというのです」「こんな狭いところに四十人も」「みんなが前を向いて」「そこに何時間も座っている」（ところどころ省略）

小説ではこの呼びかけ中に「サヨコ」が現れる。なんと恐ろしい。『夜のピクニック』にもあったが、学校という不特定多数の生徒のなかに見知らぬ人物がひとり存在するという感覚、恩田さんはそんな恐怖を見事に描き上げられる作家だ。あの感じは、浦沢直樹『20世紀少年』のお面のあの少年誰だったっけ？　っていうのに通じるな。学校の思い出の底には、どうしてもモヤモヤして思い出せない子がいるもので。一緒に遊んでいたのに見えない子。本当にいたのか？　本当はいなかったりして？

私の学び舎は、サヨコやトイレの花子さんの出没しない平々凡々な施設だった。あるいは出没してても気づかない、それどころじゃない子どもだったのかも。

学習、授業の記憶なんてほとんどなく、心に刻まれているのは学校にいたあの友この友のあれこれで、圧倒的に休み時間、放課後のほうが多い。みんなが繰り広げた失敗、ずっこけの記憶の多いことよ。おしっこ漏らした子、まくり（虫下し）を調子に乗って二杯飲んで吐いた子、シーソーから落ちた子、そのまねをして同じように落ちた子、プール掃除で転んでべちゃべちゃになった子（シロキくんだ）、先生にしばきたおされた子（昔は日常茶飯事だった）、あのシーンこの瞬間を覚えている。右の子らはいまも全員フルネームで言える。

こんな短歌を前に作った。

**君たちの失敗談なら一つずつ今でも言える　級長だから**

当時これに○をつけてくださった歌人の東《ひがし》直子さん評は「人格から滲み出てくるいやらしさみたいなものが歌にあらわれていて、うまいと思いました」。△の穂村弘さん評は「最後に一字空けで《級長だから》ってわざわざ言うところに感じ悪さのダメ押しがある」。それぞれ感じ悪いお褒めの言葉をいただきました。

そう、級長＝委員長を多く務めたのだった。私はふりかえれば小中高校では児童会会長、代議員会議長、応援団長、クラブの部長、地元の字長《あざちょう》まで。「長」のつく要職をほしいままにしてきた子ども。指揮者もすれば、クラスの公演の台本書きも演出もやった。予行演習嫌い、全体主義苦手などとうそぶきながら、その実、けっこうな体制側でもあって、ふざけたいのに真面目でいなければならぬという矛盾を抱えた子ども時代だったように思う。大人の受け、賞賛が栄養であった。

ああ孤独な級長さんの私。胸に輝くバッジがひとつ。

思い出した。小六、児童会会長だったとき、全校集会では壇上を背に児童を見る椅子に座る。教師たちの入場時に会長が立ち上がれば全員が立ち上がるという決まり。みんなからは先生が見えないので、私は見つめられる存在。在任中の私は二度だけ、それをやった。

「立つフリ」をして実は立たないフェイント。ざわざわとつられて立っちゃった子らを見て内心くすくす笑う、しょうもない私。「長」には結局向いていないのだ。

学校について、あとひとつ。社会に出て、二十代に就職、三十歳を越えたあたりに気づく。実は学校で教わっておきたかったこと。

酒の飲み方。料理。家事。銀行とは。サラリーマンとは。公務員とは。組合とは。年金とは。クレジット、借金の怖さ。ギャンブルの危険性。ブラックリストの存在。少しでも犯罪をおかしてしまった者のその後の人生がどうなるか。最近だとSNSのルールなんかも必須だろうね。結婚もあるけど離婚も十分ありうるということ。子どもが生まれたときの責任。親を看送《みおく》る責任。病人、けが人、弱い人への接し方。宗教とは。遺産相続。家とは。土地とは。故郷とは。サバイバル能力。農林水産業の大切さ。壊れやすい地球について。平和の重要性と戦争の恐ろしさ。ジョン・レノンの「イマジン」。基本的人権って何だ？　選挙には必ず行け、ということと…。

少なくとも、現代史、昭和史、戦禍をちゃんと教えようとしない学校って、なんですのん？　学校が国の思う通りにできる子を作る容れ物であっては断じてならない。

学校という不思議な箱を思うと、結局大真面目になるな。明るい未来もその逆もこの箱次第であることは確かなり。

## わが子の初めてのウソ

ウソをつくのが苦手です。

ウソをつくことを考えただけで胃がきりきりと痛み出す。どんなウソにしようか思いつく前からバレたときの恐ろしさを想像し、気持ちが悪くなって頭はぐらぐら、吐きそうになるのです。うう、めまいがする。目を閉じるとあっという間にまぶたの裏に変な映像が浮かんでくる。得体の知れないものがこっちに向かって押し寄せてくるのが見える。『崖の上のポニョ』に出てくる海水の塊みたいなのが私の周りを取り囲むようにして巨大化、みるみるうちにとぷんとぷんと首元までせり上がってくる。うー飲みこまれそうで苦しいよ。やめてやめて、まだなんにもしていないんだってば…。

ウソとまではいかなくても、行く先々で調子良くはしゃいでしまったときなど、あとからじわじわと後悔の念が押し寄せることも多い。その場はああおもしろかったで済んだはずなのに、ふと我に返る帰り道。話を盛ってしまったかもしれないとか、勢いでわけのわからない軽口をたたいちゃったかもしれないとか、楽しかったら楽しかった分だけ不安になってくるのです。いまさらくよくよしても仕方がないのに。程良い会話って難しい。長く生きてきてそれなりに経験積んでいるはずなんだけどなあ。

あ、誤解のないよう申しますが、決して真面目というわけでも正直者というわけでもなく、単に不器用ということ。小心者で、すぐどきどきするのです。加えてうちのオカン曰く「あんたは小さいうちから、遠くに豆粒大の車が見えようものならそれが通り過ぎるまで道を渡ろうとしない子だった」と。根っからの慎重派なのですね。こりゃどうしようもないか。

そんなふうなので実際ウソをついたのは数えるほどしかありません。ウソつく前にこっちの具合が悪くなるんだから割に合わないのです。思い出せるなかでの大きめのウソは、高校一年生のときに「ここの学校は成績表がないらしいよ」って、オカンに言ったこと。へえ、って言われて終了。わざわざウソを言わなくても、母は成績表に関心がなく、真剣には見なかったと思うので完全に無駄撃ちです。

そんなうちのオカンは、自分がどうでもいいと思っていることには適当に話を合わせるクセがあり、そのため結果的にウソつきと糾弾《きゅうだん》されてしまいがちです。口うるさくしつこかった孫どもに「ばば、おもちゃ買ってくれるって言ったやん！」「お小遣いくれるって言ったやん！」と、しょっちゅうつきまとわれていたっけ。孫たちは血気盛んなピラニアみたいに群がっていたけれど、七、八歳にもなってくると「どうせまたウソだ」と流せるようになり、期待値がうんと下がったせいか、いまはアイスひとつ買ってもらえるだけで「やった！」と喜んでいる。

ゲームの駆け引き。私はこれも苦手なんだよなあ。トランプのポーカーとか、ダウトとか、ババ抜きをやるときは、これは「平常心を保つ訓練だ」と思うことにしています。良い手札が来ても、ジョーカーが来てもいちいちハッとしてしまう。自分がヘマをしないうちにさっさと終わって欲しいと願っているところがある。

特に上手くウソをつくダウトはストレスが多いね。だってそんなに順調にちょうど良いカードを持っているはずがないのに、みんなしれっと場に重ねていくんだもの。全員ウソついているに決まってる、と思うと心がしくしくしてきます。

「犯人は踊る」っていうカードゲームをご存じですか。これは配られたカードを元に、いろいろ質問しあったりカード交換をしたりしながら、参加者のなかで誰が犯人役かを当てるというものなのですが、「犯人カード」が自分の手元に回ってきた時点で、誰にもなんにも言われていないのに衝動的に公表したくなってしまうのです。みんな見つけて。犯人はオレだ！　って白状したくなる衝動と地味に戦っている。もちろん黙っているけど。踊らないけど。敵は私の内にいる。

こんなだから心からゲームを楽しむには一体どうすれば良いんだろう？　っていつも悩むわけです。

ウソは身体に悪い。でも実はウソをつかない、つけないからこそちょっぴりウソつきというものに憧れている面もあります。そのせいか自分の書く童話、お話ではちょこちょこウソつきの子が登場してきます。

よるごはんのとき　かあさんがクッキーに「きょうは　なにかとれた？」と　ききました。クッキーは　つい「うん」と　いってしまいました。にいさんたちは「へぇすごいね」「どんなサカナ？」とつぎつぎにしつもんします。「えーとね、なんか、ぎんいろのやつだったよ」「ほほう　それはフナだな」ととうさんはかんしんしました。

（『かわうそクッキー』ユニクロ刊より）

「え、なにさがしてるの？　ぼく見つけるのとくいだよ」すーすーぐさ。「あ、知ーってるー！」ほんと!?「すーすーぐさは、あーっちさ！」アナグマが鼻でさしました。ねえ、アナグマさん、それほんとう？　ここから遠いの？「あは。遠くないよ。いっしょに行ってあげるよ」（略）ねえ、これほんとにすーすーぐさかなあ。ちっともすーすーしないんだけど……。「ちぇっ」アナグマがしたうちしました。「つまんないのー。いいじゃんそんなのなんだってさあ」

（『こわがりかぴのはじめての旅。』マガジンハウス刊より）

これまでで最もびっくりしたのは、二歳の自分の娘が初めてウソをつくさまを目の当たりにしたときです。

台所で食事の準備をしていた私は、料理をテーブルにいくつか並べていたのですが、娘ふうたろう（仮名）がわざわざ私のところにやってきて「トウモロコシ、ないよ」と言ったのです。わざわざ、です。中華セイロのふたを取ってみると果たして、なかのトウモロコシがひとつ減っている。家族分、三つあったのに。食べたな。娘の顔をじっと見つめると「食べてないよ…こっちのは、ふうちゃんの」と残ったふたつのうちのひとつを取って自分のお皿に入れた。えーっ！

急にどきどきして、そ、そうなんだ。とつい調子を合わせてしまった。あとからゴミ箱を覗くと、トウモロコシの芯が紙ゴミの上にぽんと乗っかっていました。しれっと。しれっとですよ。あまりに自然なふるまいを見せつけられて、ウソはだめ、だめなんだけどすごいもの見ちゃったなと衝撃を受けたのでした。娘も人間だ。

ちなみに高校生になった娘は、いまのところ大ウソつきにも大泥棒にもなっておらず、ただのトウモロコシ好きのおねえさんです。

# 18　ウソ（澤田康彦）

## 喜ばせようと思って

昔のテレビドラマ『木更津キャッツアイ』で阿部サダヲ演じる猫田はウソをつくと前歯が出てネズミ顔になるのだが、それに負けず劣らず分かりやすいのが私以外のサワダ家の面々だ。特にトランプ。ポーカーとかでは顕著となる。

私の甥などは、小さい頃からよいカモで、手がいいと明快に顔が上気、ニヤニヤ笑いが止まらなくなる。配られた五枚のうち四枚残して一枚だけ替えるようなとき。たぶんストレートかフラッシュねらいなわけだが、祈るように一枚引いて、念願通りの手となったときの顔の赤らめよう。ブタ（不揃い）だったときの背中の丸まりよう。ブラフ（はったり）は知っているようだが、そもそも顔に「ブラフ」と書いて、ブタやワンペアで突っ張ってはアカンだろう。

叔父の私は、甥がニヤついていたら降りるし（「え!?」とがっかりする甥）、しょんぼりしているときや妙に意気込んでいる風情のときにはチップを積み上げる。それでもときどきわざと負けてやって相手を乗せることも忘れない。『スティング』のポール・ニューマンのような気分が味わえる時間なのであった。

そう書くと、私がウソつきで小狡《こずる》くて、甥っ子が善良な人物に見えるかもしれぬが、そうじゃない。これははったりを競う、ウソつき系ゲームであるからして、単に私が賢く、甥がオロカなだけなのである。読者は考え違いしないように。

いまの家族もそうで、特に妻と息子はダメだなあ。本上さんの告白通り、ダウトとかのウソをつく系ゲームに弱くて、ニセカードを出すときには顔が引きつっているものな。「ダウト！」と指摘すると、ハアと力なくカードを引き上げることたびたび。息子なんて、ババ抜きでジョーカーを引こうものなら重圧に耐えきれず、「来た！」と口にする。この人たちは人狼《じんろう》ゲームはさぞかし苦手で、本上さんなんかがもし「人狼」となった日にはあっというまに村人にバレて消されるにちがいない。

ゲームごとに限らない。たとえば本上さんが原稿を書いている日の夜に「はかどってる？」と訊いてみよう。どう答えるかというと、何も返事をしないのである。「タイトル決まった？」「……」。無口でも愛想悪いわけでもない。それが証拠にこう訊いてみたまえ。「コーヒー飲む？」。「飲む」と即答するだろう。「鳩サブレーあるけど」「食べる」。つまりは原稿が「はかどってる」と答えたらウソになるし、「はかどってない」と言うのもはばかられるし…という結果の無言なのでありますね。黙るの一択。

娘も似た。「宿題終わった？」「……」。「通信簿持って帰ってきた？」「……」。「部屋片づけた？」「……」。「鳩サブレー食べる？」「食べる」。このお嬢さんもまた不利な質問には黙秘権を濫用する。確かにウソは言ってないのだけれど。

一方ウソをつく人は、つるつるとウソを言う。言える。ウソという認識をしていないのではないかとばかりに真顔で語る。「絶対」とかよく言う。はばからない。自分もだませる。恥ずかしがらない。目が据わっている。大声を出す。見た目はまっすぐだ。

身内のウソつきといえば私の七つ上の兄である。子どもの頃から大なり小なり百も千もの出まかせを聞かされてきたものだ。

「ぼくなあ、もう五〇万円貯めたんやで」となぜ小学生の弟に言ったのか？「最優秀社員賞もろてん」と弟の友に言ってどうする？　色白が自慢なのはいいけど、腕を見せ「白系《はっけい》ロシア人の血が混ざってますねん」となぜ弟の彼女に言うのか？（そもそもその「白系」とは肌の色のことではないのにな）「こないだ大三元《だいさんげん》上がった」「祇園で一〇〇万円使った」「ボーナスを電車で袋ごとなくしたから、いま生活費がないねん」

悪気があるわけではない。自慢屋。冗談を言いたいタチ。ふざけていたい性格。おふざけとウソが混ざる。父の姉ふたり＝伯母たちは兄のことを「ひょうたんなまずやなあ」とよく言ってたものである。その姉妹に兄は「おばちゃんら、佐久間良子と岸惠子に似てますなあ」とかデタラメを言う。伯母たちはきゃあきゃあ笑って「そんなことあるかいな、もう上手いこと言うて」とまずまずの反応。一方で弟の私の「おばちゃんら、漫才の海原お浜・小浜姉妹に似てますなあ」という真っ当な指摘にはムッとして「誰がやねん！」

「やっちゃん、ええかげんにしとき」「お年玉返して」。人生とは難しいもんだ。
ずっと昔、兄の仕事の代理で取引先の人たちに会ったとき、ある人は「お兄さん、ベンツほしい言うてました」、ある人は「ベンツを買うって」、はたまた「ベンツ買ったそうで」「ベンツのSクラスを」と話が進化していたのである。ほしい↓買いたい↓注文した↓買った↓高級クラスを買った、と口先だけのぺろぺろが脳内変換を起こし、結果購入というウソの記憶が完成したのだろう。それにしても彼にとっては、カッコいい＝ベンツなのだね。ちなみに昔の人はすぐに「ベンツ」と言うなあ。メルセデスではなくベンツ。ごちそうは「ビフテキ」。大阪でええとこは「キタ」。余談だがそういえば先日、本上さんのオカンは孫を車に乗せるときに「私のベンツに乗せたるで」と言ってたっけなあ。「ちゃうやん」とツッコんだげなさい、孫よ。
宮沢賢治に『土神《つちがみ》ときつね』という童話があって、これは『貝の火』を超える実に救いのない怖いせつない作品。粗暴で不潔な土神と上品なディレッタントの狐の、「奇麗な女の樺《かば》の木」をめぐる物語だが、冒頭で賢治はこう紹介する。《もしよくよくこの二人をくらべて見たら土神の方は正直で狐は少し不正直だったかも知れません》
物知りの狐は樺の木の前で星のうんちくを一席ぶったあと、いい顔をする。「僕実は望遠鏡を独乙《ドイツ》のツァイスに注文してあるんです。来年の春までには来ますから来たらすぐ見せてあげませう」。「まあうれしい」と樺の木。そのあとの狐のモノローグ。

　あゝ僕はたった一人のお友達にまたつい偽《うそ》を云ってしまった。あゝ僕はほんたうにだめなやつだ。けれども決して悪い気で云ったんぢゃない。よろこばせようと思って云ったんだ。あとですっかり本当のことを云ってしまはう。

　なぜこの童話を思い出したのかと言うと、私は東近江市のとあるイベントで、幼なじみのシロキくんとトークショーをやることになったのである。

「学生時代、サワダは立原道造とか『風立ちぬ』とか言い続けていたけれど、あれは女の子に接近するツールやったんやろ？」「女子に手紙を書いて、詩とか短歌を引用してたのは歓心を買うためにちがいない」。保育園から約六十年来のつきあいとなるこの友人（いまはテレビ番組のプロデューサー）はサワダめをどうやらおとしめたいらしく執拗に決めつけてくるのだった。「ブラームスとかシューマンとか言うてたのは、あれは…」「星座の話もよくしてたなあ。あれもモテるための…」

　ちゃうわ！　と否定しつつ、どこかで「そうかもな」と思う私もいたのであった。

　はっ、してみると、あの狐ではないか。狐もハイネの詩や星座知識を披露する。オレ、狐だったか。モテたいためのロックンローラーであったか。動機が不純！

　まあしかし。この狐は自分のウソをちゃんと反省もしてるしさ、と味方する。

## 19　部活（本上まなみ）

# いいなあ、青春

「今日部活だから遅くなるよ〜」。娘ふうたろうが慌ただしく出ていきました。今朝も早くからお日さまがじりじりと京都の街を照らしている。

部活かあ。部活って懐かしい響きです。

私は中学では陸上部に所属していましたが、夏の間の練習はキツくてへこたれていたものだったなあ。蜃気楼《しんきろう》が見えるんじゃないか、と思うくらいに熱せられた運動場でサッカー部やバスケ部なんかと場所を分けあって「おーい」「へーい」どたばたとトラックの周りを駆けていました。

言うまでもないけれど、夏の運動場ってのは暑いんです。ぱっさぱさの地面にときおり熱風が吹き、砂煙が舞う。西部劇の舞台かよ。メニューをこなす合間合間に「水！」「水！」と手洗い場へ行き、顔をささっと洗い、首も洗い、頭も濡らさないといられなかった。ふう、生きかえった〜と人心地つくと、熱風に混じってばしゃばしゃばしゃっ、きゃいきゃいきゃあといった歓声が聞こえてきます。

音のほうを見れば、あっちにはプールがあるのでした。涼しげな青の世界。羨ましい。

こっちは耳の後ろやうなじからも汗がとめどなく流れているっていうのに。あー選択を間違えたなあ、高校へ行ったら絶対水泳部に入ろう。そう誓ったものでした。

当時のうちの学校の陸上部の部室兼倉庫はサッカー部の隣で、仕切りの板壁に直径一センチくらいの穴が空いていました。着替えのときの覗かれ防止のためティッシュかなんかを丸めて詰めていたけれど、なぜかときどき外れていて、男子サッカー部員のほうから「ちょ、覗かんといてや～」と言ってくるのでした。はあ？　であります。

コンクリートブロックを積んで造ったような、土足のままで出入りする砂っぽいホコリっぽい、狭い部室だったな。とてもじゃないけど全員がなかに入れるようなスペースはなく、わいわいがやがや他の部活の子たちと共に部室前の地べたに集っていたっけ。何を喋っていたのかはさっぱり覚えていないけれど、長屋住まいって感じで、楽しかった記憶がある。

高校では念願叶い水泳部に入ったのですが、そこから二カ月ほどでモデル事務所にスカウトされるという青天の霹靂《へきれき》事件が起き、日焼けＮＧが出たためにあっという間に退部となったのでした。

なんて、部活ということで思い出を語ってしまいましたが、何度か書いた通りそもそも私は運動が得意というわけではないのであります。

あれれなんだか変だぞ？　おかしいな、と気づきはじめたのは小学二年生くらいでしょうか。幼児期から背がまあまあ高かった私は、手足も比例してまあまあ長く（とりわけ腕が長かった）、でも運動するときはこの手足を上手く使いこなすことができずに持て余してしまいがちでした。

その筆頭は徒競走です。気持ちとしては当然進行方向に進みたいとは思っているのだけれど、しゃかりきに腕を振れば振るだけ、振り子の仕組みなのか背面方向、つまり後ろにエネルギーを持っていかれるような違和感が生じたのです。

腕が前に戻るまで、ちょっと時間がかかるわけね。足もまた、地面を蹴り前へ前へ進むはずですが、これも蹴り出しの足がまた次、前方の地面を捉えるまでが、イメージするよりもほんのちょっと余計に時間がかかってしまうのでありました。人形劇の操り人形が動くときのような手足のぶらぶら、ゆらゆら感と言ったらいいのでしょうか。いまいち定まらない、決まらないこの感覚、一体なんだろう？　とずっと思っていたのです。

当然ながら自分の走っているようすは客観的に見られないし（運動会も、当時ビデオカメラで撮影するなんて習慣はほとんどなかった）、また、友だちの走る姿は見られても、友だちの走り方を自分が体感するなんてできるわけがないので、変だな変かなとはいぶかしく思いつつ、そのままやり過ごすしかありませんでした。

卓球、テニス、大縄跳びなんかも脳が指令を送ってから動きを開始するまでのタイムラグのせいか、タイミングがズレて上手くいかない。センスないなあ下手やなあと笑われ、笑いつつも凹んでいましたっけ。

でも身体を動かすのは嫌いじゃなかったんですよね。気持ちいいし楽しかった。試合に出たり結果を残したりってことにはひとつも縁がなかったし、夏の暑さにはへこたれていたけれど、部活では「運動」がしたかったのです。勝負心があってストイックに打ちこむ友だちの姿には刺激を受けたし、一方でそこまで自分を追いこむことができない私って一体なんなんだ、ということも考えるきっかけになったし、いろいろな学びがあったように思います。

ここ何年かで「ひとつのスポーツにこだわらずストイックにやりすぎない、エクササイズのような部活」がある学校が出てきているなんてニュースを見たのですが、えーそれ、めっちゃいいじゃん！　と思わず拍手しました。自分の学生時代にあったら絶対入っていましたよ。生まれたのが早すぎた。ようやく「こちら側」にも光が当たったというのが嬉しかったのです。

さて。娘の高校の部活掲示板はホール前にあるので、説明会や懇談会のときに前を通るのですが、見るといつも賑やかでおもしろい。この春は新入部員募集のお誘いが思い思いに書きこまれていました。文化部も運動部も実に統一感なくわちゃわちゃしています。

《人生変えちゃう時が来た》《ＧＯＤに誓うな己に誓え》《青春つくってます》《全国も目指せるよ》《ＴＲＹズザザー》《〇〇先生を全国一位にする!!》《兼部可能》《来いよ！》…

等々ぎっしり。

謎のイラストも多数あり、ついニヤニヤしてしまう。いいなあ青春。みんななんかかわいいなあ。

学校の先生の過重労働が問題化されてもうだいぶ経ちます。しばらく前に明るみに出たスポーツ強豪校の暴行事件など、いきすぎた問題もあります。指導者の外部委託も含め、顧問の先生方の負担が少しでも軽減するような流れになって欲しいし、何より子どもたちが「好きだからやりたい」っていう気持ちを全うできるような、そんな部活環境であって欲しいなと願います。

がんばりやさんにとっても、のんびりやさんにとっても、いい夏になりますように。

# 19　部活（澤田康彦）

## 思えばあそこが

息子の唯一の習いごとは小一から始めた週二回夕方のサッカー教室で、京都のサッカークラブ「おこしやす京都ＡＣ」の選手がコーチ。賀茂川のグラウンドで行われ、通いは自転車。母が見つけたこのクラブに、コガネ虫みたいにころんと小さい六歳がサドルをいちばん低くしてキコキコ漕いで向かう姿は「頼りなさ」の権化だった。練習を見ていると、クラブのユニフォームで生意気にストレッチするものの、なんといっても腕が短いからどこかヘン。遠目にはスーパーマリオかなんかがやってるみたいに見える。

私と本上さんの子らしくプレー中は目立たず、「ヘイ、ヘイ」と叫んでもボールはなかなかもらえない。たまに間違って転がってきても空蹴《からげ》り。あまつさえすぐに気を散らして、ゴールネットで遊ぶ。コーチに「こら、ゴールを倒さない！」と注意されている（ゴールは軽量、小さな簡易版なのだ）。

厳冬期の賀茂川の岸辺は木枯らしも強烈、動かぬ私は何枚着てても内臓まで凍える。半袖、ショートパンツの子たちの身体はどんな仕組みになっているのだろう。

しかしまあそんな息子も、月日が経てばそれなりに形になってきて、背も伸び脚も太くなり、自転車のサドルもぐんと高くなって、まあまあドリブルでき、真面目にスローインしたり、学校以外の仲間と何かを喋りあったりする姿をうれしく少し寂しく眺める昨今だ。先日は即席のチームを作り、その名も「チーム頭《ず》つき」と命名。小学生男子っぽいねえ。

さて部活。本上さんが原稿を書きつつ「おやびんの頃の部活の花形はなんだったの？」と聞いてきたので、「野球部」と即答したら、「へえ」。横から娘が「なんで？」と驚き、そのことに驚く。「へえ」「なんで」って、そんなの当たり前だ。

「私の頃はサッカーだった」と妻。そうか、『キャプテン翼』以来勢力図は変わったか。娘に「君の高校は？」と聞くと、「ホッケーかな」。ホッケー？「人気なんだよ。マネジャー志望者も多くて競争率高い」。時代は変わりゆく。

ちなみにと、スポーツに興味のない文化系の娘に問題を出してみる。「野球は何人？」「二人？」「サッカーは？」「九人？」「逆だ」「知らんし」。疑問系で答える娘だ。「バスケットは？」「六人？」「バレーボールは？」「五人？」「逆だ。わざとか」「わざとちゃうし。まじで知らんし！」。逆ぎれ。「野球のファールってなんだ？」「えっと、打った球をキャッチする」「それはアウト」「分かった、空中に浮いた球をキャッチする」「それもアウト」「知らんし」。「そもそもどんなゲーム？」「打って、三個目の目印に来たら一点」「四個目。目印ではなくベース」「知らんし」「塁」「知らんし」

妻が脇から「私もルール、あまり分かってない」と白状する。「キャッチアップとか、何？」「もう間違ってる。タッチアップだ。走者が塁にいて、打者がフライを打ち上げ、捕球されたときに…」とまで解説しつつ、確かに野球は複雑だなと思う。

こちらは幼少時から当たり前に空き地などでやってたので、ルールは身体で覚えこんだ。テレビではプロ野球や、春夏は甲子園で大にぎわい。漫画は『スポーツマン金太郎』『巨人の星』『キャプテン』『ドカベン』『アパッチ野球軍』『タッチ』と花盛り。打ったら即刻右方向＝一塁に走る。塁に出たら腰低くリーリー。ヒマがあったらピッチングフォームをやるし、手頃な棒を持てば素振り、ホームラン予告のポーズをとり、グローブに手を入れたらパンパン叩いてさあ来いと身構えるのが作法。

おっさんたちが日常的に使うあの野球用語は昭和の我らの証だ。「全員野球で」「すべりこみセーフだ」「ベンチがうるさいから」「外野は黙っとけ」「続投する」「空振りに終わった」「ゲームはツーアウトから」「逆転満塁ホームランだ」「君は三冠王だ」「来シーズンはがんばろう」…どれもいいよね。

と、かくもエラそうに語る私だが、思えば長くバットを振っていない。最後のゲームの記憶はもう二十年前、雑誌『ターザン』時代、編集部で記事化も兼ねて作ったチンプス(Chimps)という野球チームにおいてであった。ナイキとタイアップしたりして、そういうチャラけたところがマガジンハウスなのだが、ユニフォームは「C」のマークでストライプに青や赤をあしらい、つまりはシカゴ・カブスのパクリ感満載。恰好はよかった。しかし下手だった。私の背番号は「0」。上手く説明できないが、そういう番号を選ぶのが私だ。シャツをインするのがイヤなので外に出して着ていたら、来てもらっていた審判のおじさんに「入れなさい！」と叱られた。

連戦連敗、ケガだらけだったが、後日の『ターザン』の記事では「互角に渡り合うも」「惜しくも」「玉砕」「次戦に意気込み」など大本営発表のごとき文言が躍った。

わがチンプスは、普通にゴロを捕って一塁でアウトにしたり、フライをキャッチしただけで大拍手が巻き起こるチームであった。セカンドを守っていた私自身の唯一のよき思い出はダブルプレー。対戦相手は雑誌『ダカーポ』チーム。敵の強いショートへの打球を六↓四↓三、誰ひとりボールを落とさずやってのけるという偉業達成。快哉《かいさい》、鳴り響く拍手…あの記憶だけでいまもビールをジョッキで二杯は飲めます。

さてしかし。野球を花形とあがめつつも、中高生の私が選んだのは実はバドミントン部であった。野球部は確かに王道だったが、慎重なサワダ少年はグラウンドでの練習を見るなり悟った。あれは外のスポーツ。暑くて寒い。顧問がコワもてで、罰はケツバット。すぐ隊列を作るし、道具が多く重い。決定的なのは全員が丸坊主（なぜ？）。

その点、羽球《うきゅう》＝バドミントンは、屋内競技、コートも大きくなく、ラケット軽量、羽根も超軽量、髪の毛を生やしてても可。ラクチンそうだ。

と、これはこれで大間違い勘違いのコンコンチキなのであった。コートが狭いといっても、前後左右に動き回らねばならぬことピンボールのごとし。シングルス三ゲーム目になんて突入してしまったら心肺が停止しそうになるくらいのしんどさだ。空調、扇風機はNG。よって夏暑く、冬は寒かった。当時の服装ルールは「白が基調」と厳しく、テニスに比べて華やかさに欠け、注目されない、誰も応援しにこない。あんなに厳しいスポーツなのに「軟弱」と片づけられる理不尽さよ。

そんなこんなだったが、高二秋の運動会。部活対抗長距離リレーで、我らがバドミントンチームが野球部をさしおき陸上部に次ぐ第二位の好成績を収めたのだ。知らぬうちに持久力が身についていた。屋内ハードスポーツの実力思い知ったか。運動の苦手だった私がスポーツテストで二級獲得という奇跡をも起こした年であった。

あのとき十八歳。一九七五年。思えばあそこがわが肉体のピークだろう。そのあとは大学で東京に出て、部活は女子が多い華道部（小原流）、そのあと映画研究会へ移る。そのあと出版社に入社し、超のつく不健康な編集者生活を続け、着実に体脂肪を身にまとい、基礎代謝を劣化させていく。フィットネス誌『ターザン』を作って健康を損ね、『暮しの手帖』の編集長仕事で単身赴任、家族に会えずに暮らしが壊れそうになり、慌てて京都に戻って、いまに至る。

## 再訪せたな町

八月、家族で北海道旅行をしました。久しぶりの旅！　いつもの北海道旅行は飛行機とレンタカーという組み合わせでしたが、今回は初めて車ごとフェリーで入ることにしました。

二週間ほど夏休みが取れそう、とマネジャーN氏から聞いたとき、すぐに私の頭に浮かんだのが北海道の大地でした。《でっかいどお。北海道》という広告がむかーしあったそうだけれど、その通りあまりに広大で、かつどこもかしこも魅力的なこの地の旅は、最低でも十日は欲しいなんて思ってしまう。

今回は二週間もOKだなんて、わーい。のんびりし放題ではないか。一気に北の大地の爽やかな風が吹き抜けたように感じました。実際は酷暑の大阪市内でタクシーに乗り、エアコンの風ががんがん当たっていただけなのですが。

行けるのか北海道に？　行けるのだろうか？　当然ながら慎重な行動が求められている状況であることに変わりはなく、まず夫に相談しました。慎重派の私よりもさらに二・五倍ほど慎重派である夫に「この夏どこかに行けるなら、何したい？」と訊くと、「そりゃ涼しいところがいいよね」。

何したいかにすっと答えないのは、よくある夫のパターンです。動きたがり遊びたがりの妻の希望はなんだろう、何かあるにちがいない、とまず身構え、こちらの出方をうかがっているのと、自分としてはわざわざ炎天下のどこかへ出かけたくはないんだけどね〜、ということなのだろうと推し量ります。

おそらく夫の一番の希望は自分の部屋で冷房をびしっと効かせ、愛用のエンジェルなんとかという枕とふわふわ布団にくるまってホラー映画を見たいとか、そんな感じに決まっている。そもそもインドア派で、コロナ禍で籠もることは苦になるどころかむしろ普段からせっせと蓄えている映画をここぞとばかりたっぷり見られてありがたいと、前向きに捉えるタイプなのです。この点において彼は私とは全然違う志向性なのだ。

「二週間くらい休みが取れそうなんだよね、どっか行くとしたらどこがいいかなあ」ともう一回訊いてみる。「そりゃ涼しい北のほうがいいね、北海道とか」

おっ。

私が「まあでもちょっと先だし、来月コロナがどんな状況かもわからないから、ようす見ながら考えるとするか」と言うと「そやなあ」とのんびりした返事。

この「そやなあ」の時点で「行く」ことが決まったわけです。

家族で旅行するとき、プランを立てるのは私です。企画者の権限でだいたい自分のやりたいこと、見たいものをひとつは叶えることにしている。今回の旅行の出発点は京都府の北、舞鶴港深夜発、まる一昼夜船に揺られて小樽《おたる》港に上陸。そこから道南~道央を回る。最初の一週間は予《あらかじ》め決めておいた宿に泊まり、後半は臨機応変に、地元の方のおすすめを聞き、家族の希望を募りつつ、行き先を決めてゆくという流れとしました。

そして実は実は今回の北海道に関しては、温めていた計画があったのです。以前出演した映画『そらのレストラン』のロケ地、道南のせたな町《ちょう》・今金町《いまかねちょう》を再訪し、撮影でお世話になった方々に再会する。そこに自分の家族を連れていきたい、舞台になった素敵な場所をたくさん見て欲しいというものでした。ちなみに本作は、この地でオーガニック農法によって作物や家畜を育てている農家さんたち〈やまの会〉というグループの実話が元になっています。

北海道の地図を広げ、パソコンでせたな町について改めて調べていると、映画の登場人物のモデルになっている〈秀明《しゅうめい》ナチュラルファーム北海道〉の代表、富樫さんと奥さんのMさんが従来のお仕事に加え、数年前から民宿も営まれていることが判明しました。思い切って電話をかけてみると、ああ、向こうから懐かしいMさんの声が!

彼女は元気で優しくて面倒見が良く、さらにかなりの感激屋さんでもあり、五年前、撮影のクランクアップのときに何度も「私たちのことがこんなふうに映画になるなんて夢のよう」と涙ぐんでおられたのが印象的でした。今回もどうやらMさん、一瞬で時間が巻き戻ったようで、うるうる声が手に取るようにわかり、ついこちらも感極まってしまいました。京都と北海道、まだ再会前なのに泣く私たち。客観的に見れば声を聞いた瞬間あっちとこっちで泣きはじめるなんて可笑しいのですが、きっとまた会いましょうねと約束してたんだもの、これはもう盛り上がってもしょうがないでしょう。

部屋の予約と近況報告をして、さあ一気に北海道行きが現実的なものになりました。続いて、私の演じた役のモデルとなった方、〈村上牧場〉の奥さんTさんにも連絡をしてみると、こちらも再会をとても喜んでくださり、うちの子どもたちに子牛の哺乳を見せていただけることに。やったあ！

まったくの新しい土地を訪ねる旅もいいけれど、年齢を重ねて、これまで出会った大切な人、大切な場所をもう一度訪ねていく旅っていいものだなあと思うようになりました。人生って実はあっという間なのかもしれないということに気づきはじめたのです。会いたい人、行きたい場所が心にあること自体が幸せで、その存在が自分の心を温めてくれているのだと、コロナ禍で一層認識できるようになったのでした。

それに子どもたちのようすを見ていると、毎日の生活のなかで興味関心のあるタイミングを逃さず体験をしていくことがどのくらい大事なのかということも肌で感じるのです。好奇心の芽は大切にしないとあっという間にしおれてしまう。この二年はあらゆることに制限のかかる生活でした。だから今回はなるべく我慢しないで、コレ！　と思ったものを存分にやろう、やってもらおうと考えました。

五年ぶりのせたな町では、撮影場所の提供からおつかれさまの会まで、映画作りを盛り上げ応援し続けてくださったKさんご一家はじめ、懐かしい人たちにたくさん会うことができました。うちの家族もわーっと受け入れてくださって、あちらこちらでそれぞれが遊んだりお話の花を咲かせたりしながら関係性を深めているのが、見ていてとてもありがたく、新鮮でした。

大泉洋さんもいらっしゃいました。この映画の主演、私の夫役で、たまたま休暇で居合わせたのです。現地に本物夫婦とニセ夫婦が揃いました。ほろ酔いの大泉さんにうちの息子がレスリングを飽くことなく挑んでいくのが本当に申し訳なかったな。

牧場での搾乳、サキイカがエサのちびカニ釣り合戦、地元のシェフが来てくれた大バーベキュー大会、モルックの試合……書き切れないほどの歓待をしていただき、夏のせたな町を大満喫できました。みなさんの笑顔、海の見える牧場も、巨岩が三体並ぶ三本杉という浜辺も、海に沈む夕日も、そして美味しいごはんも。過ごした時間のすべてが宝物になりました。

## 20　旅に出る（澤田康彦）

### 妻が仕切る夏

夏の甲子園のおかげで、北海道に行けることになった。

在阪テレビ局の生のニュース番組に週イチで出ている本上さんだが、八月は高校野球中継があるため放送休止、三回連続お休みをもらったのだ。よって涼しい土地へ、約半月の家族旅行に、というのはひとつ前の原稿の通り。

ついでながら、野球中継は北海道で旅中、主にカーラジオで聴いていた。不思議なことに高校野球はラジオのほうが集中できて楽しめる。

近年は好調な郷里の滋賀県、彦根の近江高校が勝ち進んでいたので応援していた。私が通っていた公立校の、当時は隣に位置した私立近江高校。スポーツ強くケンカも強い。いまはどうなんだろう、ツッパリ学生が多かったビー・バップ・ハイスクール系の高校だ。ぺっちゃんこの学生カバンには鉄板が入っているという噂だった。登下校時は彼らと目を合わさぬよう影を消して歩いた。それでも「おいジブン、何がおかしい」とカラまれた。「いやこういう顔なんですよ、へへ」とへりくだりながら、態度に出さなくても内心小《コ》バカにしてるのはバレるもんだなあと驚いた。不良はそういうことには敏感なのである。

いまは懐かしき彦根の三年間の思い出。五十年後、そんなにっくき隣の高校を、同じ町であるだけで応援しているジブンがいるなんて、これにも驚く。

北の地の街道、道南から道央を安全運転でのろのろ走る。車内の姉弟のとりとめもない言い争いの他に聞こえてくるのは、この野球中継と、窓を開ければ外はエゾゼミの豊かな合唱。京都で聴くクマゼミやミンミン、アブラ、ニイニイとはまったく違った質の歌声だ。北海道は走れども走れども北海道だった。

イトコのジュンコ姉さんからは「そんな長い旅行、想像つかへんわ」というメッセージが届いたが、私は長期休暇が好きだ。長ければ長いほど好ましく、旅先も遠ければ遠いほどわくわくする。欧州人が夏になれば当たり前のように仕事を離れてバカンスに繰り出すその姿にずっと憧れ、極力実践してきた。おお、ぼくの伯父さんの休暇！　人間第一の精神。るねっさーんす！　チーン（乾杯の音）。

旅は本上さんが仕切る。こちらは、ええなあ、ほなそうしょうかあ、どうするかあ、むにゃむにゃと、優柔不断な態度に徹した。本当は私とて、いや私こそ仕切れる元雑誌編者なのだが、妻子といるときはスイッチオフにしている。なんといってもやっと休みにたどり着いたときには芯から「疲れている」からねえ。

本上さんには見抜かれているけれど、確かにできることならクーラーびしっと効かせた部屋で愛枕と、でかい抱き枕と共にホラー映画、たとえば『ミッドサマー』なんかを見ているほうが断然いい。あの美少年だったビョルン・アンドレセンがおじいちゃんになってる、うすら寒い夏の映画を。

だいいち、家族というやつは、みんながやりたいこと、やりたくないことがはっきりしていて、やいやい言うでしょ。にぎやかでしょ。たいていのことが「どっちでもいい」私には勝ち目がないわけだね。よく言えば融通の利く優しい、本当のところはただモメごと嫌いの性質の私は、「声の大きい」人の意見を聞くしかないのであった。家庭のみならず職場でも交友関係でもこうして生きながらえてきたのだ。私こそは小さく慎ましい人間。夜に冷えたビールがあり朝に濃いコーヒーがあればそれでよいのだ。

それにしても本上さんは遊びやごはん、旅に関しては、誰より野心家かつ情熱家、貪欲であります。お仕事、原稿のときとはまったく違う目の輝きを放つ。

私の「そやなあ」のあとは早かった。彼女は猛烈な勢いで段取った。まずフェリーを押さえた。「ブライアン・フェリー?」と言ってみたが無視された（ロキシー・ミュージックを知っているはずがなかった）。わが家のミニヴァンをそのまま持っていくプランである。ミニといっても荷物が相当量入る頼もしい乗り物で、北海道の家族旅には向いているだろう。むしろ問題は入りすぎる点で、うちら一家は「ねんのために」「あれもこれも」「ついでにこれも」「ならばこれとて」と欲ばってしまう傾向にある。この二週間は物量を輸送し整理し続ける旅とも言えた。

予想通り結果的には「あれどこ行った？」「これの片割れは？」「ないない、どこにもない」という旅であった。右の荷物を左にどけ、上を下に、下を前の座席にというミニパズルのような車内。「一回全部下ろそう」ということもたびたびあって、そのつど道ばたがガレージセールのようになった。銀だこのスタンプ券とか鍼灸のクーポン券とかどうでもいいものは常に目に留まるのにな。「一回捨てよう」と業を煮やした私が言うと、本上さんは悲しげな顔をして、結局またしまいこむことになったり。

全体の三分の二は持っていく必要はなかった。私の荷物だけで言えば、原稿用資料一式は不要だった。おのれの意気込みは買うものの、結局一〇行も書かぬまま、むなしく帰宅後の執筆となった。八月下旬、夏休みの宿題の追いこみにかかる姉弟と並んで締め切りに苦しんだ。取材原稿は子どもの自由研究に似て。

枕カバー持参は快適で、正解であった。旅中、何回か洗った。旅中の洗濯も楽しかった。小さい液体洗剤「トップ スーパーＮＡＮＯＸ」を一瓶持ってきてよかった。妻はハンガーをたくさん持ってきており役に立った。しかしハンガーというやつはあちこちにカラみついて車内で混乱も呼んだ。

これで本稿を終わらそうと思ったが、旅中の出来事をなんにも書いていないことに気がついたので、ひとつだけ。

モルックにはまったのである。フィンランド発祥の木製ゲーム。せたな町の海岸、バーベキューのときに牧場一家のご子息が持ってきたのだ。一二本の木ぎれを一本の円筒形の棒ですこーんと倒して得点を競うという、この単純なスポーツにみんなでチャレンジ。少年は三・五メートルの距離を、砂地に寝ころがり、自分の身体で測った。二つと半分。

合流した、やはり休暇中の大泉洋さん一家を始め、牧場、民宿、サワダ家の四チームで戦った。大泉さんが即席で実況を始めた。

「…サワダ家、現在四六点。めざす五〇点まであと四点を残すばかりだ。しかし！　狙うべき四番はいま、六番と九番の間だ。六番か九番を倒してしまうとドボン、一気に二五点に下がって最下位となる。どうするサワダ選手、狙うか？　日和《ひよ》るか？　一家の長、責任も重い。さあ投げた……おおっと！」てな按配《あんばい》。

夏の終わりのせたなの海岸に、サービス心いっぱいの天才の名調子と、モルックのすこーんという気持ちよい音が響きわたった。

帰京後、すぐにセットを購入。いまは週末、賀茂川で家族と練習を開始している。空を見上げるとくっきり澄んだ青さで、季節が変わったことがよく分かる。

あのドタバタの夏の日々もまた、もう帰らない数ページの鮮やかな記憶となった。

## あとがき

ずっとずっと前、結婚してしばらく経った頃、本上さんがにこにこと「今日なんの日か知ってる？」と突然訊いてきたのであった。

十二月十一日。「…え、何かなあ？」と考えこむと、彼女はやおら背筋を伸ばし「あのね、実はね、私らの結婚記念日なんだ」。きゃあ！「あわわわ忘れてたよ」。こういうのが不和の遠因となっていく、そんなドラマもたくさん見てきたので慌てる。妻が「むがあっ」と怒りだす…のかと思いきや、「だよねー」。ん？「私も忘れててん。友だちから『おめでとう』のメールが来て思い出した」

ほっ、と胸をなでおろす。よかったよかった、こういう奥さんでほんとによかった、と思ったものだ。

似た者夫婦ではたぶん全然ないが、ここらへんの感覚は近い。今回の本では違うところをたくさん書いてきたけれど、似ているところもあるのだ。アニバーサリーごとに興味がなく、互いの誕生日も素通り。サプライズが苦手で、バースデーソングやケーキの花火はやめてもらいたい。そうだ思い出した、結婚指輪も不要だった（よかった）。

あ、でもしかし、結婚披露宴ではお色直しの着物を着たがったなあ。いや時間かかるし、新郎のオレも羽織袴《はおりはかま》となっちゃうし、高いしさ…と説得、了解となったのだが、納得はしていなかったもようで、いまでもときおりぶつくさこぼす。着させてあげればよかったかな。前に冗談で「着物は次の結婚式で着なさい」と言ってみたら「そうする！」と真顔で答えたものだ。しまったしまった。

結婚した年号もすぐには思い出せないけれど、二十年以上経つ。知りあったのはそれよりだいぶ前の雑誌の取材で、後日丁寧な礼状が届き、返事を書いたら、また返事が来て、気づけば大阪＝東京間で文通になっていた。以来数十通手紙を交わした。この本はそのことも思い出す。あの頃ほど甘くはないけれど。

短歌の会を始めたり、いろんな仲間と食事や旅行をしたりして、でもまさか数年後に結婚までするとは思わなかった。十八歳年上のおっさんの何がよかったのか未だに判然としないが、解答を聞くのも怖いので触れぬままいまに至る。

結婚数年後には娘、その六年後には息子がやってきて、本書のなかではいまや中心人物のようにふるまい、私たちは振り回される日々。ちびまるは、力強いオカンとなった。

夫婦同時に同テーマで書くエッセイ本。冷や汗ものの企画であり、前例を調べてみてもあまりない。そりゃないよねーと思う。そもそも〝共演〟はふたりとも相当に意識して回避してきたのだ。取り決めというほどのものではなく、だって俳優・タレント活動する女性の周りを怪しげな〝だんな〟がうろついていたら目ざわり以外の何ものでもないし、第一べたべたくっついたカップルなんて、こっ恥《ぱ》ずかしいもんなー、というくらいの理由。よってツーショット写真さえかなり頑なに拒んできたのだ。

それがいま共著を出すなんて。ミシマ一味に乗せられちまったかなあ。

けれどまあ同居人の私としては、パートナーの現在の思考、嗜好、志向が改めて分かってよかった。へえ、そう思とるのか、と。普通の夫婦はこうやってわざわざ文章化する機会はないだろうから貴重な体験ともいえる。

ところで、小さかった頃の娘のお買い物ごっこの定番セリフに「あ、りょうしゅうしょください」というのがある。共に一応業界人である私たち夫婦は、よそのかあさんたちの前で顔を赤らめていたものだが、もうひとつ、娘がいちばんよく使ったセリフ。

「今日もげんこう、しっぱいしちゃったんだよー」。顔をしかめて言う。

原稿がはかどらない、というのは確かに私たち夫婦共通の口癖だけれど、「げんこうしっぱい」って！

二〇二三年四月

澤田康彦

撮影：澤田康彦

初出

本書は、「みんなのミシマガジン」(mishimaga.com)に連載された「一泊なのにこの荷物!　とある夫婦の順ぐりエッセイ」(二〇二〇年四月〜二〇二二年十月)に加筆・修正のうえ、再構成したものです。

本上 まなみ（ほんじょう・まなみ）

1975年東京生まれ。俳優・エッセイスト。長女の小学校進学を機に京都に移住。出演作に映画『紙屋悦子の青春』『そらのレストラン』、エッセイに『落としぶたと鍋つかみ』(朝日新聞出版)、『芽つきのどんぐり〈ん〉もあるしりとりエッセイ』(小学館)、『はじめての麦わら帽子』(新潮社)、絵本に『こわがりかぴのはじめての旅。』(マガジンハウス)など。ABCテレビ『news おかえり』（火曜日MC)、BS朝日『そこに山があるから』に出演中。

澤田 康彦（さわだ・やすひこ）

1957年滋賀県生まれ。編集者・エッセイスト。マガジンハウスにて『BRUTUS』『Tarzan』等の編集に携わったのち退社、『暮しの手帖』編集長となる。2020年より家族の住む京都に戻る。エッセイに『ばら色の京都 あま色の東京』(PHP研究所)、『いくつもの空の下で 新暮らし歳時記』（京都新聞出版センター）、『四万十川よれよれ映画旅』（本の雑誌社）、短歌入門書『短歌はじめました。』（穂村弘、東直子との共著、角川ソフィア文庫）など。

# 一泊なのにこの荷物！

2023年4月28日　初版第1刷発行
2023年7月20日　初版第2刷発行

著者　本上まなみ
　　　澤田康彦

発行者　三島邦弘
発行所　株式会社ミシマ社
郵便番号　152-0035
東京都目黒区自由が丘2-6-13
電話　03-3724-5616
FAX　03-3724-5618
e-mail　hatena@mishimasha.com
URL　http://www.mishimasha.com/
振替　00160-1-372976

装丁　名久井直子
装画　100%ORANGE

印刷・製本　株式会社シナノ
組版　有限会社エヴリ・シンク


ISBN　978-4-909394-86-6